棺桶も花もいらない

朝倉かすみ

U-NEXT

目次

装画　阪本トクロウ
装丁　アルビレオ

棺桶も花もいらない

令和枯れすすき

駅の南口を降り、「おソバ屋さん」を右に曲がる。線路沿いに直進し、「ウスチャ色のマンション」を左折、細道を歩くと丁字路に出る。突き当たりは「クリーニング屋さん」だ。黄のテント看板に白い飾り文字でファッションクリーニングと書いてある。ふむ。

地図に目を落とした。すぐに目を上げ右に振る。あちらに五、六分も行けばいいのだ。そしたらこの「クリーニング屋さん」の並びに、と、粗い手描きの地図を雑に畳んでカーディガンのポケットにしまいかけたら、あ、と口がひらいた。「あ」、「あ」、「あ」、と続けざまに声が出る。

こころのなかでは、嘘だ、嘘だ、と繰り返していた。その裏側で、ほんとだ、ほんとだったんだ、と思っていた。だんだんと前傾姿勢になっていき、すると本格的に泡を食った気分になっていった。だって目の先に家があるのだ。地図で「ココ」と矢印で指されたあたりに家が。ほんとに。ちゃんと。地図に描かれた通りの風景を改めて見渡す。あの人の声が被さってくる。

（あのね、つっとのおうちの話なの）

お腹にひとつの力も入っていない声だ。スの入ったゴボウみたいに割れていて聞きにくい。加えてあの滑舌の悪さ。しかも語句の頭が出づらいらしく、犬でいえば「うーーわん！」の「うーー」くらいの間があく。

（なにそれ）

これはわたしの声。からかい、親しみ、同情なんかがごちゃ混ぜになった声。

（ちらないの？　つっとのおうち）

あの人はまず言葉の説明をした。保護猫に里親が見つかると、そこん家《ち》を「ずっとのおうち」というのだそうだ。わたしがうなずくと、あの人は本題に入り、話し終えてこう言った。

（とれがわたちたちの、つっとのおうちってわけなんでつよ）

微笑し、わたしの顔を覗き込んだ。目が光っていた。あの人の黒目は、光ると、ふと、緑色に見える。その色がいつもわたしを少しだけ怯《ひる》ませた。あの人の目の奥には果てしない野っ原が広がっていそうだった。

そんなことを思い思いしながら歩いた。わたしたちの「ずっとのおうち」が近づいてくる。ちいさな、いかにもおんぼろな平屋である。

中通りから三メートルほど奥まって建っていた。両隣と背後には低いアパートがあった。いずれの建物ともやはり三メートルほどの距離を置いている。ゆえに、おんぼろ平屋は正方形の空き地の真んなかにポツンと建っているように見えた。界隈は住宅密集地だった。三メートル幅のぐるりを持つ家屋などほかにない。

ぐるりには膝までの高さの草が茂っていた。風が渡るといっせいにそよぐ。さやさやと優しく揺れて、わたしは大繁殖した藻類の漣《さざなみ》を連想した。おんぼろ平屋がお堀をめぐらせたお城に見えてくる。口元がゆるんだ。まーねー、と髪を払う振りをして、お城かもね、と胸の内で言った。わたしたちの、とそっと続ける。

お堀越しにおんぼろ城と正対した。

玄関は煤《すす》けた二本格子の引き戸だった。磨りガラスが嵌《は》まっている。軒の下に汚れた白球の玄関灯がぶら下がっていた。左に表札の剝がした跡があった。右には縦長の郵便受けが掛かっている。あちこち錆びた朱色の鉄製で、口からチラシを溢れさせていた。

スーと鼻から息を吸い、玄関の引き戸をじっと見た。わたしの視線が家のなかに入っていく。内視鏡カメラみたいだ。ライトをぴかぴかさせ、くねりながら奥へと進む。

突き当たりに風呂場がある。左に進むと十四、五畳のリビングがひらいている。板敷きだ。縁側に通じているが雨戸を立てているのでひっそりと暗い。天井から長四角の吊り下げ灯が下がっている。紐スイッチのやつだ。点《つ》くまでちょっと時間のかかるやつ。点いたらジージーと虫のような音を立てる。それは虫のではなく蛍光灯の鳴き声なのだが、見上げるとわんさとコバエが集《たか》っているので、どちらのものか自信がなくなる。同時に、室内を雨のように飛び回る無数のコバエにも気づく。にわかにジージー音がこもって聞こえだし、耳鳴りを疑う。小学生だった頃、夏休み、中耳炎にかかったことがあった。治療の途中で「もう治った」とひとり決めして耳鼻科に行くのを止《よ》したので、その後遺症かもしれない、とわたしは左の壁に目を向けた。

あの人がぶら下がっている。天井に渡した頑丈な飴色の角材に丈夫なロープを引っ掛けて決して解けない輪をつくり、首を括っている。あの人の足の下には炉を切ったような四角い穴が空いている。その、すぐそばに、木製の三段の踏み台が横倒しになっている。きっとあの人は四角い穴のきわに踏み台を置き、嚙みしめるように三段のぼり、丈夫なロープでつくった輪っかに首を入れ、「えいっ」と蹴ったに違いなかった。

あの人の名前は知らない。

最初のとき名乗ってくれたのだが、聞き取れなかった。二度ほど訊き返して諦めた。半笑いを浮かべたわたしの顔つきを思いだす。鏡で見たように思いだせる。わたしは口元を歪め、ちょっとおどけた視線を周囲に配った。近くにいた人たちも、意味ありげな視線で応えた。違うのは、わたしの視線が貧乏くじを引いちゃいました、と苦笑しているのに対し、近くの人たちのそれがお気の毒さまです、と嘲笑している点だった。

派遣会社の事務所だった。座面の薄いソファーが、カウンターとパーテーションで囲った社員さんの仕事場に向かって並んでいた。壁掛けモニターには「派遣のしくみ」を説明するアニメが映っていた。それによると、派遣先でさまざまなアイディアを試み、現場の作業効率を上昇させた勤務態度のよい者は派遣会社に正社員としてスカウトされるそうだ。そしたら新規取引先開拓をする営業社員だ。服はスーツ。靴は革靴。黒いかばんのなかにはカラー印刷のカタログ。給料は銀行口座に振り込まれる。たぶん交通費もボーナスも出る。

座面の薄いソファーに腰を下ろしているのは、わたしを含め、ほとんどが日雇い派遣だ。交通費を支給する派遣先は滅多になく――あったとしても往復三五〇円とかそんなだが、あるとないとは大違いで、ちょっとでも出ればホクホクする――、ボーナスは出ない。

日給を受け取る方法はいくつかある。銀行振込という手ももちろんあるのだが、事務所に出向き、現金をもらう人が多いようだ。わたしもそうしている。いくつかの現場で一緒になった先輩派遣さんたちが口を揃えて「振込はめんどくさい」と言った。理由も口にしていたが、わたしの頭に残ったのは「振込はめんどくさい」だけだった。それで充分。

週に一度、事務所で現金をもらう。毎週金曜日だ。埼玉県某市に住むわたしの最寄り駅近くの事務所の給料日が毎週金曜だからだった。

たまたまそうなっただけだが、週給日が金曜というのはいいものだ。六十一歳のわたしの頭には「花金」という言葉が残っている。土日休みの前日に夜を徹して遊ぶトレンディな男女の浮かれっぷりがテレビドラマを通してわたしに刷り込まれている。

時給だいたい一〇〇〇円として八時間、掛けることの月曜から土曜までの六日間で四万八〇〇〇円の見込みである。そこから税金だか保険だかが引かれる仕組みのようだ。明細に目を通せば詳しく知れるのだが、見ないので知らない。明細や受け取りの類はクリアファイルに挟んで百均の書類ボックスに保存している。そうしておきさえすればなにがあってもきっと大丈夫だ。

わたしは週給を四万と少なめに心づもりしている。交通費の出ない現場がほとんどなので、一時間ぶんの時給が足代で消える。なので八時間働いたとしても実入りは七時間ぶんと勘定する。ふんだんに残業できる現場もあれば、めぼしい現場がなくて休みを余儀なくされる日もなくはない。給料は低く見積もっておけば間違いないのだ。

そもそもの話になるが、わたしの場合、四万円はもっとも予算が立てやすい金額だった。まず家賃が四万円だ。毎月第一金曜、わたしは「家賃が払える」とほっとする。第二金曜は「光熱費が払えて、ごはんが食べられる」とほっとする。第三金曜は「パスモにチャージできる」とほっとし、「ドラッグストアで足りないものを買える」とほっとし、「休憩中に紙カップのコーヒー飲めるかも」とわくわくする。で、第四金曜はたいてい「あーよかった、なんとかなった」と胸に手をあてる。

つまり、わたしのどの金曜もそれぞれに「花金」なのだった。花は薔薇や蘭ばかりではない。事務所に出向き、ハンコを捺《お》して手にした現金は、すみれ草の花びらのようにわたしの財布におさまり、ほんのりとよい匂いを立ててくれる。たとえようもなく安らかなきもちにさせてくれる。ほんの束の間だけれど。

あの人の話に戻そう。

初めて口をきいたのは去年の十月か十一月だった。十二月にはなっていなかったと思う。第一金曜なのは間違いない。

普段通り事務所は密だった。いわゆるソーシャルディスタンスが遵守《じゅんしゅ》されているのは、ひとり置いての着席を要請するコピー用紙が座面に貼ってあるソファーだけだ。あぶれた人たちは壁に沿って立ち、申請した給与計算が終わるのを待っていた。

派遣会社は銀行振込での支払いを推奨していたが、現金手渡しにこだわる人たちは減らなかった。派遣会社も銀行も派遣先もいつ潰れるかしれない、こっちだっていつコロナに罹《かか》って動けなくなるかしれない、だからね、早めに、そう、もらえるときに現金をもらっておくの、とさる現場でご一緒した先輩派遣さんが言っていた。まったく同感だ。

密な事務所内で、ソファー周りだけがぽっかりと空いていた。三人掛けが三脚、それが二列。わたしは二列目後方ソファーの壁側に腰を下ろしていた。あの人は一列目先頭ソファーの通路側だ。いつものようにお尻を浮かせ、にやにや笑いであたりを見回していた。

もとよりあの人は有名人だった。聞いたことはないが、みんな、あの人を知っていたはずだ。

事務所にやってくる派遣さんたちはスマホを見るか、ぼんやりしている。どこかの現場で一緒になった人たちがひっそりと言葉を交わしたり、社員さんと手続き上のやりとりをしたりする声が環境音のように漂うきりだ。

そんななか、毎週金曜、あの人は、事務所のソファーに陣取り、機嫌よさげなゆるんだ笑顔で、だれかを探すような、そわついた身動きをしていた。変わり者という意味でだいぶ目立つ。その目立ちをさらに加速させていたのが風体《ふうてい》だった。痩せた長身で黒縁メガネをかけていた。髪型は銀色まじりの長めの前髪を斜めに垂らした刈り上げで、鉛筆みたいに細いデニムを穿き、茶のボアジャケットを羽織っている。黒目が妙に煌《きら》めいていていて、目尻、口のはたには小皺がたくさん。老若男女という言葉があるが、そのどれに当てはまるのか、ぱっと見では分からなかった。日本人であるかどうかも分からない。

　べつに分からなくてもいいのだが、視界に入れば気にはなる。あの人は、その場に居合わせた人たちの関心を引くために、わざわざちょっとだけ奇妙な動きをしているように見えた。あるいは、本心から話し相手を探しているように見えた。そして、始終そわそわと動いてなければいられない、やむにやまれぬものを抱えているようにも見えたのである。

（今日もいますね笑）

（います、います笑）

　いつからか、そんな視線のやりとりが派遣たちのあいだで発生した。それは現金手渡しを待つ派遣たちのささやかな娯楽だった。

　だれかれとなく視線を交わすと、なんとも言えない浮き浮きした感じが起こった。視線を外すと、ちいさな咳払いが出る。それがまた面白く、聞こえよがしに、あちこちから独り笑いが聞こえてきた。でも、それだけだ。わたしも、どの人も、あの人に話しかけられないように用心した。そうしていながら、わたしも、どの人も、あの人の標的にされないのが、ほんのちょっと残念なような気がした。そんな空気があった。

　あの人はなかなか実行に移さなかった。あんなにだれかに話しかけたそうにしているのに、しばらくのあいだ、だれにも話しかけなかった。

わたしがあの人の存在に気づいたのは去年の秋の初めだった。夜、アパートでじっとしていると澄んだ虫の声が聞こえてくる頃だった。わたしが住んでいるのは安アパートが陣取り合戦をしているように込み合った一角で、古い木造の建物と建物のあいだのごく細い隙間に草がぼうぼう生えている。虫はそこにいるらしかった。猫の通り道でもあるらしく、縄張り争いか、生殖活動か、命がけの鳴き声もたまに飛び交う。

越してきたのは去年の二月だったか三月だったか、そのくらいだった。たしか新型コロナウィルスの流行が一瞬おさまりかけたあたりで、緊急事態宣言が解除されるだったか、されただったか、そのへんだ。

その前はもう少しいいところに住んでいた。埼玉県某市には変わりないが、RC造のマンションで暮らしていた。住み替えたのは、世のなかがちょっと落ち着いたのと、失業給付金の受け取りが終了した、そのタイミングだった。

ほんとうはもっと早く引っ越したかったのだが、失業給付金をもらっているあいだに転居すると、きっと届け出をしなくてはならない。さも親身な声音をつくる窓口の人とのやりとり、書類手続きの煩わしさを考えると億劫《おっくう》だった。おまけにコロナ禍。個人的な理由の転居など確実に不要不急案件で、どこかのだれかたちからお叱りを受けるに決まっている。

失業したのは一昨年の春から梅雨にかけてではなかったかと記憶している。東京オリンピック開催延期が発表され、学校やさまざまな業種の店が休業したのち再開したとかその頃、わたしは、三十年以上働いた勤め先で人員整理の憂き目にあった。中堅の鞄メーカーである。主力商品はレディスバッグ、ことにビジネスバッグに力を入れていた。

二十七で地方銀行から転職した会社だった。正社員として事務職に就いていたのだが、結婚を機にパートタイマーになった。ホテル勤務の夫と休みを合わせたくて、人事に百貨店の自社売り場での販売職を申しでたら、話し合いのすえ、そうなった。

三十五だったわたしは結婚が決まった高揚感からの流れでなんの気なしにブライダルチェックを受け、そこで卵管の通じの悪いのを知った。それまでこどもはあくまでも授かりもので、あってもなくてもいいということで夫と足並みが揃っていたのだが、妊娠しづらいからだと判明するやいなや、わたしのなかで一度は妊娠してみたい欲が湧きあがった。クリニック通いを始め、排卵日前に卵管の通じをよくしてもらっていくうち、妊娠がわたしの悲願となった。なにとぞ悲願達成のためと、新たな目標を立てた。それは赤ちゃんを迎えやすいようわたしの子宮をふかふかベッドにすることで、そのためには仕事で疲れすぎないように、職場で気を遣いすぎないようにしなければならない。

地方銀行を辞めたのは、よくある人間関係のギスギスだ。転職後も同僚とのあいだでいくつかのギスギスは起こったが、職場とはそういうものさ、と自分自身を宥《なだ》められるようになった。とはいえ、ストレスは子宮ふかふかベッド化計画の大敵だ。ましてわたしは四捨五入をすると四十歳。残された時間はそう多くない。しかも排卵日は月に一度。なんて少ないチャンス。となると、ストレスはできうるかぎり軽減したいものになり、そのためには時短勤務が望ましい、というわけでわたしは一旦退職し、いくばくかの退職金をもらい、パートタイマー販売員として働くことになったのだった。

妊娠しないまま二、三年経った。わたしは人工授精といった本格的な手当を熱望したのだが、同い歳の夫は「こどもは授かりもの」のスタンスを崩さなかった。離婚したのは、彼がよそでこどもを授かったためである。こどもの母親は夫の勤めるホテルの厨房でとびきり美味しいパンを焼く、フランスで修行してきた若き職人なのだそうだ。レセプショニストの夫は彼女をパンの天才と称えた。夫の言い分によるとお互いを知れば知るほどなんともいえない愛情と尊敬が深まるばかりとのこと。共通の友人の紹介で出会い、二軒目のバーで早速しなだれかかったわたしに絡め取られ、まんまと夫婦の関係にまで持ち込まれたのとは愛情の性質が違うのだと言いたげだった。

わたしはさほど抗わなかった。ひと晩だったか、ふた晩だったか、み晩だったか、夜通し強弱をつけて泣き喚き夫を詰《なじ》ったきりで、ある程度きもちの整理がついた。

夫とパン職人の縁は、わたしと夫が出会うよりずっと前に、もうすでに固く結ばれていたのではないか、と思えた。だから、あのふたりのもとに、こどもがきたのだ。わたしのこのスピリチュアル風な考え方は、不妊治療を続けるなかで培ったものだった。子宝を授かるべく、わたしはさまざまなおまじないを試みた。ベビーシューズを買っておくとか、ざくろや赤富士の絵を飾るとか、葉っぱの縁に豆粒みたいなちいさな葉っぱがびっしり生える植物を育てるなどなど。いずれもわたしには効果が現れなかった。だからといってわたしはおまじないのアンチにはならなかった。むしろより信心するほうへと傾き、精いっぱいの真心を尽くした。だのに子が授からない。となれば、わたしの精進不足のせいと考えるのが筋だ。わたしはどれほどおまじないに忠義立てすればいいのか。どれほど一途になればわたしの思いにおまじないは応えてくれるのか。カラカラカラ、と、どこかから、今にも消えそうな音が耳のなかでしきりに鳴ったものである。

夫から離婚を切りだされたとき、頭の片隅の針穴くらいの領分で、助かったと思った。ようやっと解放される、というふうな感覚がいくぶん寂しげに広がった。その寂しさのためにわたしは泣き喚いていたような気がする。

わずかな慰謝料を手にして、独身に戻った。三十七か八かそのくらいの齢だった。パートタイマーの稼ぎでは心許ないので、正社員に戻れないだろうかと人事に相談した結果、契約社員での再雇用となった。会社と毎年契約を交わす社員である。給料とボーナスは正社員より少ない。退職金はないそうだ。

だけども月々の実入りが増えるほうがずっといい。でないと暮らしていけないし、と思うい っぽう、こんなことになるなら正社員のままでいればよかったと悔やんだ。なんだかんだいって待遇がもっともよい。それに事務員なら座っていられる。

契約社員にはなれたが、事務所には戻れなかった。パートタイマー時代より勤務時間が延びたので、年を追うごとに冷えのきつさ、足のだるさのほか、なにがどうとも言えない実に不愉快な不調の波が寄せては返した。更年期の生理不順がきてからは、不調の波にさらわれた。出向先も百貨店から駅構内の売り場に移り、そこを転々としたのち、五十歳前後で埼玉県某市の鄙《ひな》びたショッピングモールに落ち着いた。型落ちのレディスビジネスリュックを「通院にも便利ですよ」とにこやかに老婦人に売りながら、ここがわたしの終《つい》の住処《すみか》ならぬ終の職場になるだろうと思った。

一年契約の更新がなるべく長く、できれば六十、願わくは六十五まで続くことを期待していた。契約の更新を打ち切られそうになったら、パートタイマーでの勤務継続を願いでるつもりだった。年金をもらえる六十五まではなんとか自力で凌《しの》がないとならない。布団を顎まで引きあげて目を閉じると、これから先の成り行きの抽象的なイメージがまぶたの裏をさあっと過ぎた。すこぶる楽観的になる夜もあれば、ひどく悲観的になる夜もあった。いずれにしても寝つけない。そこでわたしは、どちらの場合にも有効な、こころ穏やかに眠れる呪文を思いついた。それはこういうものである。なんとかなるさ、だって今までなんとかなってきたんだもの。

　そんなふうにして二、三年過ごしたら、新型コロナウィルスが流行した。わたしが人員整理の憂き目にあったのは、人事の説明によると業績悪化による経営規模縮小のためらしいのだが、その前から会社はわたしを辞めさせる機会を窺っていた。証拠はないが、そんな「感じ」がにおっていた。

　なぜなら、なぜか、わたしは会社の女性従業員のなかで飛び抜けて年齢が高かった。男性を数に入れても四十歳以上はぐっと少ない。それぞれの理由でもって、みんな、長くて数年勤めて辞めていく会社だった。わたしのようにパートタイマーでも契約社員でもいいから働きたい、働き続けたい、というのは非常にめずらしい存在だった。

　会社幹部はわたしを端的にいうと面倒臭い、と思ったはずだ。どこがどうというのでなしに鼻につく、嵩高い、うるさい、見苦しい、そのような印象を持っていたに相違ない。それは若い人々が中高年にたいして持つ一般的な「印象」とすごく近い。それが排除の「感じ」をにおわせる。彼らが天然の仕草のように、そう、まったく悪びれずに放つ、その「印象」も「感じ」もわたしは知っていた。わたしにだって若い人々の一員だった時代があったのだ。

　そうだ、あの人の話だった。

事務所のソファーに腰かけて、給与計算をおとなしく待つ一群からあの人はわたしを選び、話しかけてきた。去年の十月か十一月だった。

わたしがあの人を見かけ、ほんのり意識してからひと月ほど経っていた。その間、あの人は、わたしが話しかけるべき人物かどうか、じっくり観察していたのだった。なにしろあの人が探しているのは、あの人と一蓮托生を誓う一味である。稀にみる幸運をひそやかに受け継ぐ身内のひとりでもある。

最初のとき、あの人はわたしの（ひとつ置いて）隣の席が空くやいなや自席を立ち、中腰でもって忍びの者のように素早く移動してきた。口元ににやにや笑いを這わせたままわたしから目を離さずに動いたので、わたしからは、あの人の顔だけが自走してきたように思えた。

「ふぅ」だったか「よいちょ」だったか、あの人は短く声を発して腰を下ろした。依然として顔をわたしに向けていた。のぐ、のぐ、のぐ、と顔の下半分をわななかせてからなにか言う。

「え？」

わたしはわざとらしいほど声を張って訊き返した。好奇心いっぱいの周りの視線に応えたつもりだった。さぁさお立ち会い、といったような心持ち。今から始まるこのちょっとした見せものが退屈な事務所にきっと花を添えるのだ。わたしは自分が人気者になった気がした。今にも吹き出しそうな口元をして、周りに流し目めいた視線を振りまきながら、何度も訊き返した。豆太鼓を打つように「え？・」「え？・」「え？・」とリズミカルに。しまいには耳の遠いおばあさんの身振りまでした。

あの人は辛抱づよく、たぶん同じ言葉を繰り返した。

表情も体勢も変わらなかった。あの人は、ソファーに腰かけた上半身を半ひねりしてわたしの真正面に合わせ、わたしの目だけを見ていた。事務所のさして高くない灰色の天井から薄白い明かりが降っていた。その寂れた風合いの明かりが、あの人のメガネレンズに反射して青っぽく光ったり消えたりし、あの人の瞳を早緑色に煌めかせたり影が走ったように黒くさせたりした。そうしながらあの人は、老若男女のどれでも通じるような声音で、アジアのどこの国の言葉としても聞き取れそうな発音と抑揚で、ひどく一心なようすで、何度でも、わたしに答えた。あの人は愚者のようにも、賢者のようにも、また、外出許可を得た入院患者のようにも見えた。そして。次第に。

わたしは、あの人の目しか見えなくなっていった。

わたしも、自分自身が目だけになったようだった。

すると、わたしの目とあの人の目が言葉を使わずに交感し始める感覚がどこかから浸みだして、ひたひたとわたしを潤した。

わたしとあの人の目は行ったり来たりした。わたしはあの人の目になってわたしを見たし、あの人はわたしの目になってあの人を見た。そんな感じがたしかにあって、わたしは急に気がついた。わたしとあの人は、似たもの同士なのだった。

事務所で給与計算を待つ一群のあの人への態度は、程度の差こそあれ、現場における日雇い派遣の同僚たちのわたしへのそれと同じだった。どの現場に行っても、わたしは年長者組に入る。倉庫内軽作業、品出し、ピッキング、シール貼り。そんなだれでもできる仕事のだいたいの現場には、六十代、七十代の男女が混じっている。

始業時間になると、現場責任者はその日やってきた派遣たちを並ばせて、まずその現場によく慣れた常連組を持ち場に連れて行く。健康で体力のありそうな若者、きびきびと動けそうな中年、と次々指名を受ける。残された若者と中年は、覇気がなさそうとか、からだが弱そうとか、いっちょまえに文句は垂れるが手は動かなそうとか、目つきが悪いとかいったネガティブな印象を現場責任者に与えた者たちがほとんどで、「本日のハズレ」と判断され、目立たぬ場所に連れて行かれる、と、こんなパターンが多い。軽いとはいえ肉体労働なのだし、肉体労働とはいえそれなりに頭も使うから、物覚えがいいに越したことはないのは当然。というわけで現場責任者は加齢者をひと目見るなり等し並みに老いぼれとみなし、「本日のハズレ」グループに入れる。

そういう事情もあって、わたしは、どの現場でもご同輩たちと行動をともにした。年嵩の者だけでかたまって、あちこちの現場の情報を交換し合ったり、どこの休憩室のテレビでも流れる「ヒルナンデス！」の感想を言い合ったりしながら、一緒にお昼を食べる。作業のちょっとしたコツを教え合いながら休憩し、あー今日も一日終わった、うん終わった終わった、とせいせいしたように笑い合って帰りのバスに乗る。

そんなわたしたちを、周囲はさして気に留めない。現場の会社の社員さんや派遣の同僚は、さもわたしたちを認知してないふうでいるのだが、なにかの拍子にふと彼らの視界にわたしたちが入り込むと、憐れみと嘲りが絶妙にブレンドされた、かすかな表情が早足で駆け抜けた。

若かりし頃のわたしは年配者が視界に入ると、「あ、あそこにジジババがいる」と思ったものだ。単に「いる」と思っただけだ。特段の興味はそそられなかった。

そもそも、ジジババはわたしの視界に滅多に入ってこなかった。意識して見なかったわけでもないから、若いわたしの目は町内会の掲示板同様、自然とジジババを無視していたのだろう。

たまさかにしか視界に入らないジジババなのに、なぜかわたしは彼らに厳しい目を向けた。ジジババがジジババらしくしていないと、なんとなく面白くないのだった。たとえばジジババが朝マックと洒落込んでなにやら意気軒昂《けんこう》にワイワイやっているのを見かけると、チッ、と舌を鳴らしたくなった。代わりに口元で素早く笑ったものだった。

そんなわたしも、毎年、かならず、ひとつずつ歳をとっていき、気づくと不思議、視界にしきりとジジババが入ってくるようになった。したらば不思議、ひと口にジジババと呼んでいた加齢者が個性を持ち始めた。ひとりひとりの顔立ちやら佇《たたず》まいやらまでがくっきりと識別できるようになっていく。それは、クラス替えの年に初めて教室に入っていって、まだ知らない顔ばかりのみんなを見まわしてみたときの、そんな感じにちょっと似ていた。うーむ、なるほど。

どうもわたしは自覚が生まれる継ぎ目もないほどスムーズに、ジジババの「なか」に入っていったらしかった。憐れみと嘲りが絶妙にブレンドされた、かすかな表情が早足で駆け抜けるという外からの反応を見て、ようやく気づいたのだった。それは、えっと。

そう、「客観視」ってやつ。今のわたしの姿は、過去のわたしが舌打ちしたくなったジジババの姿である、という「客観視」が、ある日なにかの能力のように身についたのである。いや、復活したというべきか。「客観視力」は年齢とともに衰える。げんにわたしは、どの現場でも年長者グループに入っていたのに、気づくのがこんなに遅れた。「客観視力」が休眠すると、「なか」からの見方しかできなくなる。そうなると、「なか」のみんなはそれぞれに歳のわりに若く、元気で、茶目っ気があり、ひと通り人生経験を積んできたのに案外ウブなところがあるかと思えば驚くほど世《せ》故《こ》に長《た》けていたりして、知っていくうち、ぎゅっと可愛く思えてきたりする。

日雇いにしたって、ほんのお小遣い稼ぎとか健康維持とかボケ防止といった理由を口にするひとが多い。ほんとかどうかは知らないが、本人が言うのならそういうことにしておくのがエチケットだ。でないと世間話が進まない。この仕事を始めて何年になるのか、始めたきっかけはなにか。これは双方が顔見知りプラスアルファ程度の親しみを持つための定番会話だ。あんまりよく交わされるものだから、現場通いを二、三度でもすれば、おのおのそれっぽい答えを用意するようになる。どの人もスラスラと答えるので、それと知れる。

「生活かかってるんですよー。アパレルひと筋ウン十年だったんですけど、コロナでいろいろありまして。この歳でしょ、ツブシなんてきかない、きかない」

これがわたしの用意した答えだった。なるたけサバサバした調子で言うことにしていた。どの相手も、おや、という顔をして、短く驚く。それはおそらくわたしが突然サバサバしだしたのと、わたしの前身がファッション関係と知ったからに違いない。そこに「この歳でしょ」と聞いたときの戸惑いが加味される。いや、「この歳」って言われても、そもそも「どの歳」なのか分からんし、という弱めの突っ込みが聞こえてくるようだ。現場通いをするようになり、わたしと相対する人たちは皆、この手の疑問を顔に浮かべた。なんとも居心地悪そうな表情が素早く通り過ぎるのである。ふふっ。

もうずっとずっと前から、わたしはとても若く見えるタイプだった。太りも痩せもせず、少女の頃の薄いからだつきを維持している。そりゃ顔には皺があるが、皮膚のたるみはほとんどないので、顎の線などはシャープなままだ。頭の回転も早く、仕事、プライベートどちらのどんなシーンでも軽やかに「当意即妙」をやってのけ、喝采を浴びたり、信頼を得たり、親しまれたりしていた。

時が経ち、境遇が変わるたび、わたしの立つ舞台はちいさくなった。とはいえ、それでも、わたしは、そのときどきの舞台では、いつまでも若々しい、ちょっとしたスターだった。日雇いの現場でもそうなると思った。わたしと相対するひとたちの戸惑いや、一瞬よぎる怪訝な表情は、いわゆる「掃き溜めに鶴」への憧れや嫉妬と隣り合わせの感情だと見極めた。

たぶん、わたしは「掃き溜めに鶴」感を強めたくて、わざわざ年長者グループに交っていったのだと思う。

年長者グループの新入りとして、掃き溜めの鶴として、万事控えめな態度を心がけ、総じて穏やかに過ごしていたわたしによみがえった「客観視力」。こいつがにわかに鋭くなった。頼みもしないのに切れ味を増した。わたしは踵《かかと》の皮を次々毟《むし》るように、どんどんと、わたし自身を客観視していった。

わたしが失職したのは、たしか、一昨年だった。去年だったような気もするが、それだと計算が合わなくなる、一昨年で合っているはずだ。会社都合での退職だったので、びっくりするほどすぐに失業手当をもらえた。パートでも十年以上勤めたし、歳もいっていたので想像していたよりも長いあいだもらっていた憶えがある。半年間くらいだったかな。あれ？　もっと長かったか。あ、でも一年まではなかったはず。だって、貯金を取り崩して生活した記憶が絶対にあるのだもの。それは家賃の安いアパートに引っ越しをした頃で、日雇いでもして手っ取り早く稼ぎたくなったのはたぶん今年の夏から秋にかけてとかそのへんだった。だから逆算すると、失業手当をもらっていたのは八ヶ月間か九ヶ月間かそのくらいではないかと。うん、そのくらいということにしよう。ともかく。

その間ずっと世間はコロナの大波小波に揉まれていた。わたしの体感では、粗末な船に乗っているようにだらだらと揺られ続けた。常になんとなく船酔いしているみたいだった。失業中だったわたしだけでなく、どの人も多かれ少なかれ船酔いしたようにぐったりしたのではないかと思う。なにがどうというのではない、かすかな疲れを一滴ずつ眉間に垂らされるような感じである。少なくともわたしはそうだった。無職だったので、ほとんど外出せずにいた。他人との交流もほぼ絶えた。なのにお金がなくなっていく。

どうもわたしはだんだんとボンヤリしていったようだった。喩えるならば、半透明のシリコンバッグに入れられロックされたような感覚である。

まず日付とか曜日とか時間とか、そういうものがどうでもよくなった。室内に射し込む光や、窓から覗くちいさな空などから季節の変化はもちろん夜か昼間かくらいは分かった。でもそれらはただわたしの上を通過するだけだった。今まで見聞きしたこと、やったこと、どれも端から曖昧になっていった。思いだすたびにちょっとずつどこかがなにか違ってくる。不愉快だったが、じきに慣れた。身だしなみもどうでもよくなり、かまわなくなった。鏡を見なくなった。

ひとことでまとめると、わたしは生き生きしなくなった。「生き生き」とは正反対のありさまである。だれだったか「生き生き」の反対なら「死に死に」だろうと冗談口を叩いたことがあったが、まさにそのような状態だった。わたしは「死に死に」と日を送っていた。働くようになった今でも「生き生き」とはとてもいえない。やりたくてやっている仕事ではない。やるしかないからやっているだけだ。

ハッ！

気づいてしまった。日雇い派遣の現場で、周りのひとたちが憐れみと嘲りの目で見るのは、「わたしたち」ではなく「わたし」単体だったのだ。どうやらわたしは失業期間中に独特な風体の人物に変身していたようだった。どことなく老けてはいるのだが、通常の老人とは言い切れない、独特の経年変化を遂げた人物と目されるらしい。わたしは、きっと、愚者のようにも、賢者のようにも、外出許可を得た入院患者のようにも見えるのだろう。

「いっつもいるでちょ、金曜日」

あの人は、そんなことを言っていた。

「アラ、そちらこそ」

わたしはクスッと肩をすくめ、まー、でも、そうねぇ、と組んだ足をぶらぶらさせるなどして勿体をつけてから、なぜ自分が金曜に事務所で現金支給を受けることにしたのかをかいつまんで話した、ような気がする。あの人が、あぁそう、そうだったの、というふうに、いちいち大きくうなずいたのは憶えている。あの人はいかにも親身な顔つきをしていた。親身のあまり真顔になることがあった。そんなときは滑稽なほど顔を傾けていた。その傾きは金魚すくいにおけるポイの入水角度と同じで、わたしは、あの人の真顔が金魚を追って水面ぎりぎりを滑るようすを想像し、ちょっと可笑《おか》しかった。

それから金曜ごとにあの人と話した。

あの人はいつもわたしより先に事務所に到着していた。りんりんとよく鳴る赤い鈴を持ち手に結《ゆわ》えたナイロン手提げで場所取りをして、わたしの席を確保していた。わたしは書類を提出すると、あの人の（ひとつ置いて）隣に腰を下ろし、十分か十五分か二十分かはその日によって違うけれども大体それくらいの待ち時間をあの人と過ごした。

わたしが話し手で、あの人が聞き手。そんな役割分担が最初のときにはもう完成していた。わたしが話したのは、わたしが日雇い稼業をおこなうまでの物語だった。いわば、わたしのコロナ物語であり、わたしの令和物語である。毎週金曜に更新される連載ものだ。続けるうちに、わたしの語り口は告白調になっていった。声音は湿り気を帯び、重いため息混じりになり、ひそやかさがふくれあがった。

あの人の親身な顔つきも変化した。回を重ねるごとに雑味が消えた。緊張や誇張が失くなり、きよらかな真心のみでできあがったに違いない完全親身の顔つきになったのだった。わたしとの距離が物理的に縮んでいった。気づくと、あの人はわたしとのあいだの空席に両手をつき、傾けた顔をぐうっと近づけ、深く深くうなずいていた。

あの人はほとんどしゃべらなかった。なにしろあの滑舌の悪さだ。あの人がなにか言うと、わたしは訊き返さなくてはならないし、あの人も復唱しなければならない。一往復では済まないので、なんというか、はかばかしくない。どうしたって気まずさが募る。わたしはあの人を虐めているようなきもちになるし、あの人も、きっと、虐められているようなきもちになる。それは避けたい、と、そんな気分がわたしたちにあったのだろう。

やがて年の瀬が近づき、おせちのパック詰め作業現場での残業が増えた頃、わたしたちはその日を迎えた。わたしは、その日の年月日を正確に憶えている。去年だ。令和三年。十二月二十四日。金曜日。

クリスマスイブだったが、事務所にはそんな雰囲気は微塵もなかった。わたしもべつにどうでもよかった。万難を排して祝いたい記念日も、浮かれ騒ぎに興じたいイベントもわたしにはない。とはいえ、商店街から陽気なジングルベルが流れてくると、自動的にあたたかな思い出がわたしのなかを通り過ぎる。ほんとうにあったかどうか怪しいほどウエルメイドな思い出が、ひととき、わたしの胸を照らし、わたしの足取りを軽くさせる。つまり、未だについウキウキしてしまう。だけども、それと同時に侘しさが背中におぶさってくる。だんだんと重みを増して、アパートに着く頃には、ちょっと、泣きたくなっているのだった。

「クリツマツなんだちたぁ」

あの人の手がにゅっと伸びてきて、わたしの肘に触った。

わたしは現金を受け取り、事務所を出て、エレベーターで一階まで降り、雑居ビルの出入り口に向かって歩いていた。ダウンのポケットから手袋を出し、つけようとしていたら、物陰からあの人があらわれたのだった。

ひっ。わたしは身をすくめた。なにか言いかけたのだが、あの人はわたしの曲がった肘に自分の肘をスルッと通して知恵の輪みたいにし、二軒先の焼き鳥屋に連れていった。

いつもなら、現金支給の準備が整い、事務員さんがわたしの名前を呼ぶのを機にあの人と簡単な挨拶をして別れていた。わたしがカウンターで現金を受け取って、待合スペースを振り向くと、あの人のすがたはもうなかった。あの人はわたしが事務所に到着する前に現金支給の手続きすべてを済ませているようだった。もしくは、わたしと話すためだけに事務所にやってきているか。

わたしは目をしばたたいたり、身をよじったりと、あくまで巻き込まれた体《てい》をとりながらも、それはそう強いものではなく、全体的にはおとなしくあの人の言いなりになった。焼き鳥屋の暖簾《のれん》をくぐると、本音開陳というのではないけれど、落ち着けそうな隅の椅子席が空いているのをはしっこく見つけて、向かい合って腰かけた。

なんといってもクリスマスイブだった。生活を脅かさない程度の珍しい出来事や散財ならば受け入れてもいい、そんな下地が、わたしのなかでできていた。あの人にわたしの物語をもっとたっぷり話したくもあった。

毎週金曜、わたしは話し足りないきもちを抱えて家路についていた。わたしの舌は干し椎茸のようなもので、あの人に話すときだけふっくらと戻る。豊かな旨みが口いっぱいに広がったところで時間切れなので、わたしはよい匂いの戻し汁をせつなく飲み下しながらアパートまで歩かなければならなかった。

あの人は、つるつるに加工したメニューを指差し、自分の食べたいものをわたしに教えた。わたしたちのあいだにはアクリル板の衝立があった。わたしはうなずき、あの人が衝立の脇から差し出すメニューを受け取り、今度はわたしが食べたいものをあの人に教えた。「ビールでいい？」と訊くと、あの人は首を振り、「ちょーちゅー、ちょーちゅー」と言った。キンミヤをお湯で割るのが好きで、毎晩ちょっとずつやっていると、そのようなことを言って、ケタケタと、楽しそうに笑った。

ビールと焼酎のお湯割りで乾杯し、和え物、串物、揚げ物が次々と運ばれた。わたしたちはいちいち小歓声を上げた。さっそく箸を伸ばし、口に手をあて咀嚼すると単純な感想をひとつずつ言い合った。狭い焼き鳥屋は炭火と人いきれでむんむんと暑かった。その焼き鳥屋では、消毒用のアルコールスプレーと、拳銃みたいな体温計と、アクリル板の衝立が主だった「対策」で、それ以外はコロナ以前とさして変わりなく、そこがいかにも場末の安い飲み屋といったふうだった。

お腹が落ち着き、飲み物のお代わりをした。ふたりで外食しているという状態にもそろそろ慣れて、寛いだムードが漂った。二杯目の飲み物が到着し、二度目の乾杯をしたら、空気が切り替わる気配が立った。ここからが本番、と、ふたりの呼吸がばっちり合う。こほん。間合いをはかるような空咳をひとつして、わたしはわたしの物語を話そうとした。口をひらきかけたそのとき、あの人が話しだした。

「あのね、つっとのおうちの話なの」

「なにそれ」

「ちらないの？　つっとのおうち」

そして、あの人は「ずっとのおうち」の話を始めたのである。

わたしはアクリル板越しにあの人を見ていた。

こうして飲食する仲になったというのに、あの人は依然として正体不明の感じだった。こってりとした喧騒が四方から押し寄せていたが、あの人の声はクリアに聞こえた。ばかりでなく、まるでオートフォーカスが効くように、あの人の言葉もクリアに聞こえだした。

わたしのお腹のなかで燻《くすぶ》っていた話し足りなさ、もっとたっぷり話したさ、が、速やかに鎮火した。そうか、今夜はあの人が話す番だったのかと直ちに納得し、なるほど、今夜はそうなることになっていたのかとドミノ倒しのごとく急速に腑に落ちた。


「ずっとのおうち」は埼玉南部の某市にあるという。わたしの住まうところと同じである。最寄り駅はひとつ違いで、「ずっとのおうち」のほうが奥にある。

粗末な平屋で、建物じたいは小ぶりだが、敷地はわりと広いらしい。四角い土地の真んなかにポツンと建っているそうだ。

家主はこの世にもういない。いつ亡くなったのかは分からない。年齢職業性別国籍など、家主のプロフィールのほとんどが伝わっていなかった。伝わっているのは、原田満つるという名と、とうに死亡していることと、死亡に伴う手続きをおこなっていないことだった。

つまり、家主は、行政上は存命なのだ。家主の口座には今も国民年金が振り込まれ、同じ口座から水道光熱費や諸々の税金が引き落とされる。お知らせハガキが郵送されるので、それと知れる。ただし通帳、キャッシュカード類の所在は不明。ゆえに家主の口座の残高はだれも知らない。

いつのことかは知らないが、ある日、家主は散歩の途中、薄汚い平屋を見つけた。外壁は古い醤油色の羽目板で、錆びたトタン屋根をのせている。絵に描いたような空き家で、それが旺盛な生命力で蔓延《はびこ》る雑草たちに囲まれていた。よし、これを「あれ」にしよう。家主はかねて胸にあたためていた計画を実行に移すことにした。まずは登記簿にあたった。所有者を見つけ、交渉して購入。それからＤＩＹにてコツコツと改装した。

十四、五畳の板敷きのリビングに四角い穴を空けたのである。一辺が百センチの正方形で、取手付きの扉も製作した。床下収納のような具合である。扉を開け、覗き込むと寒々しく広がる基礎のコンクリには柔らかな黒土を敷き詰めた。

天井には頑丈な梁を渡してあった。家主が飴色に塗り替えた角材だ。同じ色に塗装した三段の踏み台も家主の手づくりである。真っ白な合繊ロープの百メートル巻、結び方の本、プロユースの高枝切り鋏、業務用オゾン脱臭器を念のため三台、すべてアマゾンで見繕い、さる人のもとを訪ねた。

さる人は家主の長らくの友人である。長らくの片思いの相手でもあるようだ、というのは、わたしたちのロマンチックな妄想だが、そう的外れでもないと思う、と、あの人は微笑し、細長い息をふうっと吐いた。

さる人のプロフィールは名前すら伝わっていなかった。けれども、家主がさる人の口にした、冗談とも本気ともつかないアイディアを実現したのが「ずっとのおうち」で、おそらくそこでふたり一緒に眠りたいと考えたのだから、よほどの愛情が偲ばれるというものだ。

いつだったかの春、家主とさる人は、連れ立って日帰りいちご狩りバスツアーに参加した。真っ赤に可愛い甘酸っぱさを存分に堪能したのちの帰りの車中、収穫疲れともいうべき倦怠感の漂うなか、さる人が、これという兆しもなく、「始末」の話題を持ちだしたのだった。

（満っちゃん、自分の始末をどうつけるか考えてる？）

家主もさる人も独り身だった。高齢者グループに属していたが、そのなかではまだまだ若手といってよかった。ふたりともすでに両親を見送っていて、あとは自分の始末の心配だけすればいい段になっていた。できれば長患いはしたくなかった。近い親戚もいるにはいるが、なるべくだれの世話にもなりたくなかった。死に至るまでの一般的なプロセスが、単純に煩わしく、厭《いと》わしくてならない。おまけに時勢はひたすら暗がりに向かって行進しているとしか思えない。それまでの苦労の集大成みたいな余生と、見捨てられるに等しい粗末な死がけっこうなリアルさで予感される。元気なうちにスパッと片をつけられたらどんなにいいか。

（こういうのどう？）

家主の返事を待たずにさる人が話し出した。

（要は、自分のタイミングで死ねる場所があれば最高ってこと。賃貸だと後片付けに莫大な費用がかかるらしいから、親戚に迷惑をかける。適当なボロ家が一軒あれば、そこで安心して往生できる）

（いいねえ）

家主とさる人は夢中で話し合った。そのときはまだ「夢の家」と呼んでいた。それがいつ「ずっとのおうち」になったのかは分からない。

家主とさる人、ふたりだけの「夢の家」だったのが、なぜ独り身のミドルシニアを選んでは、秘剣を口伝えで授けるような、現在のシステムになったのかも分からない。何年続いているのかも、今後何年続けられるのかも分からない。家主の蓄えが尽きたら、きっと、警察に踏み込まれ、センセーショナルな事件になる。そこまで保たずに露見する事態も考えられる。近所付き合いの減った今日この頃でも、地域住民は案外周囲に目配りしているものだ。

「ずっとのおうちの約束」

あの人が読み上げるようにしてわたしに伝えた。「ずっとのおうち」でわたしがなすべきことらしい。すごく聞き取りやすかった。

・高枝切り鋏で合織ロープを切断し、亡骸を穴に落とす。
・穴の扉を閉める。
・少なくとも一ヶ月に一度は訪問し、郵便物の処理、機材の点検をする。
・並行して、後継者に打ってつけの人物を見つけだし、スカウトする。
・この世から煙のように消える準備を抜かりなくおこなったら、三段踏み台に乗り、結び方の本を参照して輪状に垂らした合織ロープをしっかりと梁に結える。
・穴の扉を開け、その縁に三段踏み台を置き、合織ロープの輪に首を入れ、三段踏み台を「えいっ」と蹴飛ばす。

「とれがわたちたちの、つっとのおうちってわけなんでつよ」

ね？　というふうにあの人は首をかしげた。りんりんと赤い鈴を鳴らしてナイロン手提げ袋を荷物置き箱から持ち上げ、膝にのせる。背を丸め、首の後ろの骨を出っ張らせてゴソゴソやって、メモ帳を取りだした。一枚切り取り、わたしを見た。視線を合わせたまま椅子の背にかけてあったボアジャケットのポケットを探り、ボールペンを出す。三色ボールペン。あの人はこどもがお絵かきするように肘を広げ、テーブルに覆い被さり、最寄り駅から「ずっとのおうち」までの道順を描いていった。

わたしは頬杖をつき、地図が完成していくのを眺めていた。と、あの人の滑舌が元通りになっていたのに気づいた。そういえば、声の聞き取りづらさ、最初の語句の出づらさも、いつのまにか元に戻っていた。

その現象の胡乱さが「ずっとのおうち」の剣呑さよりも気にかかった。その胡乱さはあの人自身に感ずるそれと同じだった。どうにも正体を摑めない歯痒さや気味悪さや怖ろしさに繫がった。

あの人は「ずっとのおうち」の地図を畳み、わたしの前へと滑らせた。意味ありげに浅く何度かうなずいて、あの人がわたしに告げたのは、鍵は郵便受けの後ろにガムテープで留めてあること、早速で悪いが来月から訪問してほしいこと、それから、穴のなかに眠っているのは、意外とそんなにたくさんの数でもないということだった。黒目に水中の藻のような色が光りでた。ああ、綺麗だ、とわたしは思った。たいへんに綺麗だった。

やるんだな。わたしはそう直感した。ふっと、からだが軽くなった。ほろ酔いの気分だった。口元がゆるんでいたらしく、よだれが垂れた。

このようにして、わたしはあの人から正式に「ずっとのおうち」システムの後継者に任命されたのだった。

後を継ぐ者としての自覚はあった。行方をくらました「あの人」が「ずっとのおうち」で目を瞑っていると確信もしていた。

もともとわたしは「ずっとのおうち」システムをすんなりと受け入れていた。むしろ歓迎していた。それればかりか、僥倖《ぎょうこう》に恵まれたとすら思った。

耳に馴染んだコマーシャルふうに説明すると、頭のどこかでぼんやりと「あったらいいな」と思っていたものが「カタチ」になっていた、というふうだった。

親や親類縁者や有名人のだれそれではなく、ほかでもないこのわたしの死ぬときを漠然と思う夜更けが増えると、薄い胸にほのあかるく浮かぶのは、さる人が家主に放った台詞《せりふ》、「要は、自分のタイミングで死ねる場所があれば最高」である。

そんな場所が実在していただけでも驚きなのに、利用権まで転がり込んできたとくれば、僥倖なぞという時代がかった言葉がつい出てきてしまうほどのありがたさだった。

けれども、なかなか出かけて行かなかった。のんきにしていたわけではない。きもちはいたく急いていた。いつきてくれるの、なにしてるの、早く行ってあげなさい、どうしてすぐに行かないの。複数の音声がタッタッタッ、タッタッタッ、と追いかけてきた。スッハッハッ、スッハッハッ、いやに規則正しい息遣いが襟足まで迫ってくるようで落ち着かなかった。早く、早く、行かなくては。行って、あの人を穴に落としてあげなければ。でないとあの人は吊り下がったままだ。

分かっている。それは利用権を手にした者の義務のひとつだ。義務には、月に一度程度の訪問と、後継者のスカウトもある。権利も義務も、なるべく早く果たしたほうがいい。家主の死亡がいつ露見するかしれないからだ。そしたら「ずっとのおうち」は消失する。

だというのに、わたしはなかなか腰を上げなかった。

これという理由はなかった。どうしてもというなら、億劫だった、というのが適当だ。われながら、ずいぶんあっさりしたものだ。でも。

水彩画を描くときの、机に置いた筆洗いのちいさなバケツを思いだしてほしい。さまざまな絵の具が溶けて黒ずんだ濁り水が入っている。絵筆を洗うどころか逆に汚してしまう水。ちいさなバケツのなかで、もったもったと揺れている。

わたしの送る毎日は、つまり、そんなふうなのだ。黒ずんだ濁り水にもったもったと揺すられている。なんだかもう昔から、いっそわたしがお母さんのお腹のなかにいた頃から、そんな毎日が繰り返されている気さえする。

ところが去年のクリスマスイブ、あの人の話を聞いた直後は違っていた。ひと晩のうちにバケツの水が透明になったのである。なんとまあ湧水みたいに澄み切って、と嬉しがっていたら、翌日にはもう濁りが出ていた。それからほんのわずかずつ汚れていき、あるとき、うわっと黒ずんだ。きっと、そのとき、「ずっとのおうち」で吊り下がったまんまのあの人のすがたや、わたしの果たすべき義務などが、ちいさなバケツいっぱいに溶けだしたのだろう。

かくして、バケツのなかの水は、すっかり慣れ親しんだいつもの濁り水に戻り、毎日わたしをもったもったと揺すっている。とはいえ、「ずっとのおうち」はいつもわたしの胸にあった。いつしかお守りみたいになっていた。

一月は行く、二月は逃げる、三月は去る。

四月に入ってすぐの現場はTシャツのオリジナルプリント工場だった。パソコンを操作してデータなるものをアレコレする人、プレス機みたいなものでTシャツに図案や写真を印刷する人、それを畳んで箱詰めする人、宛名シールを貼っていく人、台車に載せて運ぶ人、と役割分担されている。

わたしが仰せつかったのは、段ボール詰めされた白Tシャツを一枚ずつビニール袋から出し、また詰め直す作業だった。Tシャツのオリジナルプリント工場にとって、どのくらい役に立つ仕事なのかは知らないし、そんなことには興味もない。わたしがやるのは、白Tシャツをビニールから出し、元の段ボール箱に詰め直すのみ。それで時給一〇〇〇円が手に入る。掛ける八で一日八〇〇〇円だ。

段ボール箱の蓋を開ける。なかのTシャツを一旦全部作業机にあける。ビニール袋を破って白Tシャツを出していく。十枚ずつの山にして、山が十できたら、箱に戻す。綺麗に畳んであるTシャツが決して乱れないよう、そうっと。

段ボール箱にはベトナムだったか中国だったかの国名が記してあった。Tシャツの入ったビニール袋はセロハンテープで封をしていた。手作業に違いない貼り方だった。

その作業風景がわたしのまぶたの裏に広がった。

ベトナムだか中国だかの工場で、男か女か若いか年寄りかは不明だが従順なのは間違いない働き手が、言われた通りに白Tシャツをビニール袋に入れている。十枚ずつの山にして、山が十できたら、箱に詰める。箱は陸路海路の旅をして、ここ日本の埼玉のTシャツのオリジナルプリント工場まで運ばれて、わたしの手により蓋を開けられ、一旦全部作業机にあけられて、ビニール袋を破られる。

ひるがえって思うと、まず綿花を収穫する人がいるのだった。糸を紡ぐ人がいて、生地を編む人がいて、染色だか漂白だかする人がいて、縫製する人がいて、畳む人がいて、ビニール袋に入れる人がいるのである。

わたしはビニール袋から白Tシャツを出す人だ。出して、元の段ボール箱に戻す人。それがわたしの今日の仕事だ。楽な仕事の部類に入る。倉庫での作業だからちょっとは底冷えするけれど、なにも考えずに手を動かしていればいい。残業あるかな？　あるといいな。ベトナムだか中国だかの働き手も、きっと、わたしと同じことを考えて、手を動かしているだろう。

そんなことを考えるともなく考えた。すると、ちいさなバケツのなかの水が透き通った。冷たく澄んで、流れていった。

次の日、わたしは仕事を休んだ。あの人の描いた地図を頼りに「ずっとのおうち」を探してみた。あっけないほどすぐに見つかった。わたしは少し驚き、少し慌てた。信じていた気でいたけれど、こころのすみではほんとうにはしていなかったと知った。ほんとうであってはならないと、これもこころのすみで、わたしは思っていたようだった。少しつまらない。わたしはずいぶん常識人のようである。

さて、わたしは、「ずっとのおうち」の真ん前に立っている。

「ずっとのおうち」が、わたしの目に映っている。

なまなましい想像がようやっと迫ってきて、思わず鼻に手をやった。ちょっと臭うか。うん、ちょっと臭うな。さあ、どうする、と自分自身に訊いてみる。今ならまだ間に合う、と思った。なにがどう、どっちのほうに「間に合う」のか自分でも分からない。でも、たぶん、どちらかに決めなければならない。できればすぐに。今すぐに。だしぬけに強い風が立ち、どこかから大量の桜の花びらが吹き込んだ。それ、花吹雪、花吹雪。口のなかで拍子をとる。顔の力みが抜けていき、笑えてくる。どうやらわたしは決めかねているらしい。

ドトールにて

待ち合わせはドトール。東口を出てすぐのところ。

ケン坊の通う薄毛治療クリニックの近くらしい。診療を終えるのがだいたい午後の三時だそうで、そのへんの時間でよろしくですー、とのＬＩＮＥだった。了解。そう返信した宗茂《むねしげ》がケン坊と会うのは半年ぶりだ。


今年二月、宗茂の母が亡くなった。ケン坊の奥さんが亡くなったのはその翌週。ふたりは双方が喪主をつとめる葬儀にそれぞれ親しい友人として参列した。宗茂の母、ケン坊の奥さん、どちらも長く患っていた。そのせいだろう、どちらの葬儀会場も哀悼の空気一色ではなかった。安堵の気配が紛れていた。

ことに喪主をつとめたふたりに顕著だった。会葬者とのごく短い会話にさえ、ふたりの顔にはさまざまな表情が展開した。哀、寂、悔、虚。そんな感情が濃淡を変えて巡る合間に青天の明るさがあざやかに挟み込まれた。

ふたりとも今年五十八歳だから立派な大人だ。社会人としてはそれなりに世間の事情に通じているし、たとえ未知の案件に出くわしてもお茶をにごす程度のことはできる。喪主が斎場で明るい表情を見せるのは不穏当なことくらい知っていた。

けれども葬儀はごくこぢんまりしたものだった。しかも地元でいとなまれた。ふたりは生まれてこのかた地元で暮らしている。町域も変わらない。成人してからもしばらく実家住みだった。

親類や幼少時からの顔なじみしかいない葬儀で、ふたりが長らくの看病から解放された喜び――故人が長らくの苦しみから解放された喜びでもある――をつい覗かせても不思議ではなかった。また、わざわざ咎《とが》める人もなかった。むしろ、喜びのほうを粒立てようとする人が多いくらいだった。これであんたも楽になったね、とまでは口にしないが、でも、おおよそそのような、ざっくばらんな慰めの言葉がどちらの喪主にもささやかれた。

東口を出た宗茂は、それが癖の、細長い首を突きだし、腕をほとんど振らない、せかせかした歩き方でドトールを目指し、あっという間に到着した。

斜めがけバッグのベルトをしごくように触ってから、ウィン、と、コントで自動ドアが開くときの擬音を口のなかで言い、入店する。ちょっとウキウキしている。顔を合わせたのは半年前だが、ちゃんと話をするのは数年ぶりだ。

レジカウンターの列に並び、店内を見渡してみると、ケン坊が「よっ」というふうに手をあげた。奥のソファ席だ。お、端っこ。宗茂はマスクの下で口元をほころばせた。端っこは好きな席だ。そればかりでなく、後ろと横が壁になっているから、隅っこでもある。いいじゃん、という目をした宗茂に、ケン坊が、な？　と目で返してくる。隅の角にもたれていた。ふくふくと肥えているので、熊のぬいぐるみを壁にもたれかけさせたように見える。

ふふっ。ふたりの頬が同時にゆるんだ。ふたりの笑顔は互いのそれを映し合ったようだった。宗茂とケン坊は保育園からの付き合いだ。だからなのだろう、背格好はもとより基本的な性質もちがうのだが、どことなく似た感じがあった。親等でいえば六・五親等くらい。一族大集合の記念写真に収まるかどうかのところ。

「けっこう混んでんだね」

宗茂はアイスコーヒーをテーブルに置き、腰を下ろした。宗茂の背後はトイレへの通り道だ。行き来する人の迷惑にならないようにとできるかぎり椅子を前へ引く。細長い足でテーブルの一本足を深く挟むことになる。

「平日の三時なのにさ」

マスクを外し、グラスに挿《さ》したストローを口で追いながら続けた。

「こんなもんじゃない？」

ケン坊はちょっと顎を上げ、店のなかに視線を泳がせた。

「夜んなったら大変だよ。仕事退けたヤツらがどっと来るんだから」

もーこのへんじゃ寄ると触るとドトールよ、知らんけど、とアイスコーヒーをストローで激しめにかき回し、氷をガチャガチャいわせた。

ケン坊は最近「知らんけど」で会話を締めるのがブームのようだった。ＬＩＮＥでも多用していた。「それ何？」と宗茂が訊《たず》ねたら、「なーんちゃって、みたいなもん」と答えた。「知らんけど」をつけるのも忘れなかった。それと「笑」。

ケン坊は「なーんちゃって」が口癖だった時期もあった。

中一とかそのあたりの頃だ。ケン坊ほどではないが、宗茂もしばしば口にした。流行《はやり》言葉だったせいもある。断っておくが宗茂はいち早く流行に乗っかるほうではない。どちらかというと、様子見をしているうちに流行に通り過ぎられるタイプだ。格別の見識や主張があるのではない。ただ勇気がないだけだった。いっせーのせ、で流行に乗っちゃう気恥ずかしさにもじもじする時間が長いだけだ。

「なーんちゃって」は数少ない例外だった。宗茂らの周辺に広まりだして、さのみ間を置かずに使い始めた。

文末のマルみたいに連発するケン坊の「なーんちゃって」を間近で聞くうちに、嘘も冗談も自慢も自虐も嫌味も褒めも本音も建前も無効化されるのを発見した。あるいは無効化したい話し手の意志。いずれにしても後に残るのは、詰め物を抜かれた言葉のガワだ。聞き手はひとまず笑っていればいい。

宗茂にはこれがありがたかった。心中で話し手の意図や真意などなどをあーでもないこーでもないと推量し、いい塩梅の受け答えをスピーディに繰りださなくて済む。

宗茂はだから最初は聞き手の負担を軽減するつもりで「なーんちゃって」を口にした。一度声に出すと、爆発的に使用頻度が上がるのが流行言葉の常である。すぐに「なーんちゃって」を言い慣れて、ある日、おそるおそるちょっとした秘密――「小五んとき、うっかり黒板消しを窓から落とし、それがたまたま校長の頭に当たり、『やっべー』くらいの気持ちでいたんだが、信じられないくらい大掛かりな犯人探しが始まって、怖くなって知らんぷりを通したおれ」――をケン坊に打ち明けた。ケン坊はひとしきり腹を抱えて笑ったのち、「時効、時効、なーんちゃって」と宗茂の肩をちょっと強く叩いた。

宗茂は悟った。「なーんちゃって」における話し手への効用だ。

ひとつ、発言はすべて冗談になるのだから、責任を持たなくていい。ふたつ、なので聞き手の反応を（そんなに）気にせずに済む。みっつ、だからなんでも言うことができ、「すっかり吐きだす」満足がある。よっつ、たまに聞き手に真意が伝わる場合があるが、聞き手が冗談めかして返してくれれば、以心伝心というものを実感する。聞き手との友情に深く感じ入るものがある。「なーんちゃって」すごい。

なのに、いつしか廃《すた》ってしまった。気がつくと「え、まだ言ってんだ？」みたいな空気になった。以来、宗茂は当たり障りのない発言と相槌の使い手となった。

「やー、でも」

宗茂は話の間を稼いでから、言った。

「やっぱおれたちもさ、こういう時間にプラプラしてると、もう平日が休みの人でもフリーターでも失業者でもなく完全にリタイアしたおじさんだよね」

近況報告をするための地ならし的な発言だった。だからリタイアにちょっと力を入れた。なんだよ、ムーちゃん、リタイアつったら隠居じゃねーかよ、黄門さまかよ、とかなんとかケン坊がテンポよく混ぜっ返してきたら、いや実はね、とここ二、三年の動きを話そうと思っていた。

ケン坊の近況はLINEで聞いていた。笑顔に汗の絵文字付きの「なんとかかんとかやってますよ」との返答で、話はケン坊の薄毛治療に流れていった。まだ通いたてだから効果は不明だが、手応えはあるそうで、「もう薄らハゲとは呼ばせない」と息巻いたケン坊は、薄毛治療を決意した理由を話したがった癖にもったいぶって、「続きはドトールで」となったのだった。

「いや、っていうかさー」

ケン坊は軽やかに宗茂の思惑を無視し、

「おれ的にはリタイアっていうよりデザイアーなんだよね」

と首を横に振り振り小声でサビを歌った。明菜の「ＤＥＳＩＲＥ」だ。正確にいうと中森明菜の「ＤＥＳＩＲＥ――情熱――」。宗茂とケン坊が大学四年のときのレコード大賞受賞曲だ。そう、大学四年。就職する前の年。

釣られた自覚はなかったが、宗茂も思わず同じく首を横に振り、サビを口ずさんだ。うっかり愉快な心持ちになったものの、胸にはちいさな棘が刺さっていた。棘は一本ではない。つまり、近況報告の機会を潰されたことだけではなかった。なんでまたデザイアー？　そんな問いが胸の内でチクチクした。調子に乗ったケン坊が意味なく口走った語呂合わせかもしれないが虫の知らせのように気になる。察したようにケン坊が種を明かした。

「おれ、実は今晩、デートなんだよね」

「ちゃあっ」

宗茂が変な驚きの声を上げ、のけぞると、ケン坊はまた「ＤＥＳＩＲＥ」のサビを鼻歌しだした。勢い込んで宗茂が確認する。

「ケン坊！　彼女できたのか？」

「うーん、できたっつーか、なんつーか」

「……って、まさか、おまえ」

宗茂がごっくり唾を飲み込むと、ケン坊は「あ？」という顔をしてから「そういうことか」と呟くが早いか、プイッとよそを向いた。

「そういうんじゃねーよ」

ドンと床を蹴り、

「いくらムーちゃんだって言っていいことと悪いことがある。親しき仲にも礼儀ありだ」

太くて短い腕を組み、どんぐり眼《まなこ》をぎろりと動かし宗茂を睨《にら》んだ。

「ごめん」

宗茂がうつむく。肩をつぼめて猫背になる。ケン坊と今晩のデートの相手とは、奥さんの存命中からの付き合いかと疑ったのだ。


四年前、ケン坊の奥さんはクモ膜下出血で倒れ、植物状態におちいった。そういう場合、多くの人が半年以内に亡くなるらしい。回復する見込みはまずないだろうとケン坊は担当医に聞かされた。

植物状態は脳死状態とはちがう。脳幹が生きている。栄養補給すれば生きていける。自発呼吸もできる。奇跡が起こる可能性だってあるにはある、と、そういうわけで、明けない夜はないと言い聞かせるような日々がケン坊家に始まった。奥さんが亡くなるまで続いた。

ケン坊の四年間は看取りではなかった。見守りにはちがいないが、さようならと送るためではなく、おかえりなさいと迎えるためのものだった。穏やかなペースで、ある意味順調に「その日」に向かう母を見守る宗茂の年月とは似て非なるものだった。こちらは純然たる看取りである。

だからこそ宗茂は、ケン坊はさぞしんどかったろう、と思うのだ。おかえりなさいと迎えたい、さようならと送りたい、ふたつのきもちのあいだをケン坊はどれだけ揺れ動いたことだろう。それは、ああ今日もまだ目を覚まさない、と、ああ今日もまだ死なない、の狭間でもある。深い深い谷あいから、高くそびえるふたつの山のいただきに目を凝らし、どちらに、一心に、取り縋《すが》ればいいのか分からず、いっそだれかに決めてもらいたいと希《こいねが》ったことだって、きっと、何度もあったはずだ。

ケン坊の奥さんの葬儀でケン坊と顔を合わせたときだった。いやはやなんとも、みたいな実体のないやりとりを経て、遅ればせながらLINE交換をしようとなって壁際に移動した。スマホをふるふるしながら宗茂が自身とケン坊のケアラーとしての月日を重ね合わせて振り返り、こう独白した。「長かったんだか、短かったんだか」。そしたらケン坊がこう応じた。「最中の一日の長さに比べりゃびっくりするほど短けーよ」。で、もちろんこう付言したのだった。「知らんけど」。

「ごめんて、ケン坊」

宗茂は頭を掻いた。その手を両膝に置いて、項垂《うなだ》れたまま独り言のように呟く。

「おれ、べつに」

おまえを責めたんじゃないんだよ、と続けた声はちいさくて、ほとんど唇だけの動きだった。そっと口を閉じ、腹のなかで続けた。たとえ奥さんの息のあるうちにほかの女とできたって仕方ないよ、重たくない心の支えっていうか、ほどよい温もりっていうか、あと腐れのない触れ合いっていうか、そういうのがなにより欲しいときってあるからな、ひたすら優しく慰められたいなやつさ、それが思いのほか相性がよくて、気づくと彼氏彼女になってたんだろ？　分かるよ、おれだって鬱屈ヤバいときあったし、あーゆきずりの女とか抱けたらいいなって思ったもん、おれは思っただけだけどさ。

「わーってるって」

ケン坊は小指で耳の穴をほじくり、「ムーちゃんのきもちくらい」と小指についたカスを親指で弾いた。半身の構えでテーブルに肘をのせ、「こちとら先刻承知の助だ」とニヤッと笑う。

「なんだけど、おれ、思わずピリピリしちゃってさ。女房に先立たれて半年で彼女つくるってやっぱちょっと早い気すんだよね、昨今の風潮ではさ、知らんけど」

「んー。いやまー一応言っとくけどさ、それべつに『昨今』の話じゃないよ。昔っから近親者を亡くしたら一年間は喪中っていってさ、なにかと慎むことになってんじゃないの？」

「ちげーよムーちゃん。おれがピリついたのはそういうちゃんとしたエチケット大事典みたいなのじゃないんだよ。そういうのでわざわざヤなこと言ってくるのって暇なジジババ連中だろ？　ていうか今どき『暇な』も『ジジィ』も『ババァ』もなんなら『連中』も軒並み危険じゃん。やばいじゃん」

「炎上ってこと？」

「そういうこと」

「ケン坊が？　ドトールでおれに話しただけで？　炎上？」

へーえ、そいつぁ恐れ入谷《いりや》だねえ、と宗茂はストローに指を添えた。少し急いでグラスを持ち上げ、マスクの紐を片方外して、ひと口飲む。噴きだしそうな頰のふくらみをごまかすようだった。一瞥《いちべつ》したケン坊が「ふんっ」と鼻を鳴らした。

「炎上にだってレベルがあるだろレベルが。規模がデカくなりゃ警戒レベルが上がるっつー話。地震、津波、火山の爆発、みーんなそう。震度1でも地震は地震だ。油断は禁物。この狭い島国日本でおれらはいつ災害に見舞われるか知れないんだ。つねに防災を心がけてなきゃいけないんだよ、ムーちゃん。あと、今おれの言った喩え、ぜーんぶ不謹慎だから。出るとこ出りゃ確実に炎上だから」

そこんとこよろしく、とケン坊もグラスを手に取り、マスクを片側にぶら下げてアイスコーヒーを吸い上げた。

「ケン坊が有名人ならね」

「だーかーらー。有名にもレベルがあるだろうが。分かってねーな、ムーちゃん。全国区だけが有名人じゃないんだよ。県内、市内、町内はもちろん、社内、部署内、チーム内、同期内、同窓内、同級内、マンション内、階数内」

ケン坊は指を折って並べ立てた。息を継いで捲《まく》し立てる。

「とまぁ、有名レベルはいくらでも細分化できるんだからさ、まったくの無名人なんていないと思ったほうがいいんだよ。炎上レベルは有名レベルに比例するけど、タマを取られるのはおんなじなんだ。芸能人が叩かれるのと、勤め人が社内のチームで爪弾《つまはじ》きにされるのと、どっちがキツいかとかそういう問題じゃないんだよ。どっちもキツいんだ。どっちもある日突然、社会的に抹殺される筋道がついちゃったってことなんだよ、こえーじゃん」

ケン坊の剣幕に押され、宗茂は目をしばたたいた。

ケン坊の主張は理解できなくもないが、彼の言う炎上の幅広さに驚きを隠せない。「なんかひと悶着あったらしいよ」とか「そういう人とは思わなかったねぇ」と道端や廊下での立ち話で噂されるレベルでもケン坊によると「炎上」になり、「タマを取られる」事態になりかねないようだ。

宗茂は炎上の主戦場はＳＮＳとばかり思っている。言い返されるのを承知でケン坊に言うと、「ＳＮＳもレベルのひとつ！」と即答された。少し間を置き、「たしかにＳＮＳは炎上の本場だ」とケン坊は付け加え、「でもおれはもうやってないから」とうなずいた。

ケン坊は御三家的な有名どころのＳＮＳ全部にアカウントを持っていた。たしか連携させていて、「ここのラーメン旨かった」みたいな記事を同時投稿していた。なんとなく面倒そうでＳＮＳはＬＩＮＥだけの宗茂だが、ケン坊の投稿はたまに目を通した。

顔を合わすとケン坊は天気やニュースと似たような感覚でＳＮＳでのトピックスを御意見番みたいなスタンスで話題にしていた。ＳＮＳから離れたのは奥さんが倒れたあたりだったと思う。

そのずっと前から、宗茂とケン坊の行き来は間遠になっていた。

同じ高校に通いだした頃、どちらからともなく距離を置くようになった。仲違いしたのではないし、きっかけとなるようなエピソードもない。互いの家に泊まりっこなどして一緒に受験勉強に励んだ末の高校合格で、発表のときにはわあっとぶつかり合うようにして喜んだふたりだったが、入学したらなぜか「高校生にもなってケン坊、ムーちゃんでもあるまい」というような心持ちになった。

少なくとも宗茂はそうだった。保育園からの幼なじみという関係が窮屈になってきた。どうせいつまでも仲良しこよしじゃいられないと思ったし、新しい環境で新しい友だちをつくってケン坊にアピールしたいきもちがあった。新しい友だちと肩を組み、おまえだけじゃないんだぜという一瞥をケン坊にくれてやりたい気がした。

それでも夏休みや冬休みには一緒に遊んでいた。互いの属するグループの情報を流し合ったり、隣市の花火を見に行ったり、除夜の鐘を撞《つ》きに行ったりしていたのだが、別々の大学に進んでからはそれも絶えた。宗茂はバイトに明け暮れ、遊ぶ暇がほとんどなかった。

父が亡くなったのだ。雨漏りの原因を調べようと段梯《だんばしご》で上がった屋根から落下した。打ちどころが悪かったらしく即死だった。あんまり急だったものだから、遺された母と一人息子の宗茂は呆然とした。悲しむことも思いつかなかった。ぼんやりした目をしたまま手続きを次々済ませた。黙々と働くライン工みたいだった。そのようにして日を送るうちに日が経って、宗茂は中堅の機械メーカーに就職が内定した。

大学四年の大晦日、宗茂は除夜の鐘を撞きに出かけた。けっこうな長さの列の最後尾についたと思ったら、直前に並ぶずんぐりした背中が振り向いた。至近距離なのに「よっ」と手をあげた。「寒いねぇ」と白い息をぷうっと吐きだしてみせた。ケン坊の息は案外長く夜風に吹き流された。なんということもなく目で追っていたら、「ムーちゃん」と呼びかけられた。目を戻すと連れの女性を紹介された。ニッコニコ。真っすぐな笑顔で会釈されたが、どことい って特徴のない女性だった。すかさずケン坊が宗茂に耳打ちした。

「ちょっとだけ明菜に似てない？　ちょっとだけ」

「髪型のこと？」

と返したらケン坊は「ばかたれ」と宗茂の肩をグーで突き、女性は「だから全然似てないって何度も」と困ったように笑った。

この女性がケン坊の奥さんになった。幾度もくっついたり離れたりしたらしく、結婚したときケン坊は三十半ばになっていた。奥さんはその三つ上。身内だけで執り行ったというハワイでの結婚式の写真年賀状には、「二人で迎える初めての新年」という定型文が印刷されていた。白いビーチでバンザイするウエディング姿のケン坊夫婦の頭上の青空に、右肩上がりの字で「つーことで今後ともよろしくだぜ、ムーちゃん！」と書いてあった。


宗茂は話題を変えた。

「どんな人？　今晩のデートの相手」

「けっこう若いんだよ。って言ってももうアラフォーだけどな。ドトールでバイトしてる」

「ここの？」

「まさか」

「どこの？」

「事務所のビルの一階の、かな」

あー、と宗茂はうなずいた。ケン坊は税理士で西口に建つ雑居ビルの三階に事務所を構えている。祖父から続く地域密着型税理士法人で、顧客は主に中小零細事業者のようだ。年齢を理由に父親が引退し、現在は所長・ケン坊、副所長・姉、見習い・姉の息子という体制。もしケン坊にこどもがいて、その子が税理士を志望したらそこに名を連ねるのだろうが、ケン坊にはこどもがなかった。

「あれ？」

宗茂は首を捻った。西口に建つ雑居ビルの絵を頭に浮かべる。いつかの夜、通りを挟んだ向かい側から三階の窓を見上げたことがあった。

「あそこってドトールだったっけ？」

弁当屋が入ってたんじゃなかった？　と訊いた。

「それ、だいぶ前だよ」

ハハハ、とケン坊が笑った。正しい笑い方をなぞったような笑いようだった。その顔のまま「ドトールに変わって久しいぜぇ」と付け加える。

「そうだっけ」

「そうだよ」

「そうかな」

「そうだっつーの」

ケン坊はわずかに苛つき、

「弁当屋の撤退、ドトールの出店、どっちもギリコロナ前だよ、コロナ前。今からざっと三年前だ」

と、切って捨てるように言ってから、

「彼女、そこのオープニングスタッフだったらしいんだ」

と、「らしい」をだいぶ強調して告げた。

「ほう」

宗茂は顎に手をやった。顎の先をつまみながら、ゆっくりと目を細め、了解、とケン坊に伝えた。

ケン坊は宗茂にこう言っておきたいのだ。

（そのアラフォー女性が西口に建つ雑居ビルのドトールで働き始めたのは［奥さん存命中の］三年前だが、おれが彼女を認識、接近したのは［奥さん死去後の］最近）

それはつまりケン坊はあの世の奥さんにこう言い聞かせたいってことを意味している。

（いいか、おれは青い血管の浮いた薄い瞼をぴくぴくさせて眠り続けたおまえを裏切ったりしてないんだ、つまみあげたくなるような可愛い上向きの鼻にチューブを挿されたおまえにたいして、後ろ暗いことなんか、ほんとにひとっつもないんだぜ）

たとえ宗茂の「邪推」であったとしても、たとえ奥さんが亡くなっていたとしても、ケン坊は自分の不貞を奥さんの耳に入れたくないのだ。決して奥さんの胸を痛めさせたりしたくない。ケン坊は心底奥さんを大事に思っていて、そのきもちは奥さん亡きあとでも変わらない。あるだけの愛情を永遠に注ぎ続ける、そんなおれ、が、ケン坊の思い描くケン坊劇場の主人公・ケン坊なのだろう。

そしておそらくケン坊劇場はこう続く。

亡き妻との愛に生きようとするケン坊に、あの世の奥さんが「もういいのよ、あなた」と首を振り、「あたしは充分よくしてもらったから、どうぞあなたは新しい幸せを見つけてちょうだい。ほら、こんな近くにお似合いの人がいたじゃない」と引き合わせてくれたのがドトールのアラフォーなのでした、というラブストーリーだ。

宗茂の見立てでは、ケン坊が身の潔白を主張する目的はケン坊劇場の進行を妨げるものの排除だけではなさそうである。

最前《さいぜん》ぶちあげた些《いささ》か強引な「炎上の新定義」と併せて考えると、ケン坊の身の潔白の証明したさは相当なものだ。ケン坊は「あの人、奥さんが生死の境を彷徨《さまよ》っているときに不貞してたんだって」、「やだ最低」と無責任に噂され簡単に非難されるのがどうしても厭なのだ。

なぜか。宗茂は頭の片隅で考え続けた。

ああ見えてケン坊は小心者だ。豪放磊落《ごうほうらいらく》を装っているが根は繊細で打たれ弱い。押しにも弱く、勘違いしやすくて根が助平だから、実のところ、浮気は一度や二度ではなかった。

結婚前、奥さんとくっついたり離れたりしたのも理由はいつもケン坊の浮気だった。

そのたび宗茂はケン坊に呼びだされた。大学を卒業してからケン坊と顔を合わせるのはこんなときぐらいだった。時間帯は深夜、手段はポケベル、落ち合う場所は六地蔵。ふたりの実家のほぼ中間に位置しているし、近くに自販機があるのがよかった。

この自販機でケン坊はかならず缶コーヒーを二本買った。ＵＣＣのミルクコーヒーだ。甘いものが苦手な宗茂はコーヒーもブラック派だった。たしかＵＣＣではブラックも発売していたはずだ。だけどもケン坊はいつもかならずミルクコーヒーを二本買った。自転車を降りた宗茂の胸に「ん」と押しつけ、見ようによってはずるそうな上目遣いで言った。

「悪いな、ムーちゃん。でもこんなこと相談できるのは、おれ、ムーちゃんしかいねぇんだよ」

ＵＣＣのミルクコーヒーは夏ならば冷たく、冬ならば温かかった。いずれにせよ宗茂の胸には筒形の痕がついた。その痕がまだ残っている。舌には無理して飲んだミルクコーヒーの甘ったるさが残っている。枕元に置いたポケベルが鳴ったとき、「勘弁してくれよ、明日マジで早いんだけど」とブツクサ言いながら着替えたとき、玄関脇に駐《と》めていた自転車のスタンドをちょっと乱暴に蹴りあげたとき、左のペダルに左足を置いたまま、ほんの少し右足だけで助走して、わざとゆうゆうとサドルに尻をのせたとき、すぐに尻を浮かせて立ち漕ぎしたとき。漕いで、漕いで、漕いだとき。どのシーンも、みんな、こころの奥のほうの暗い森みたいなところに残っていた。

「やばいよ、ムーちゃん、バレちゃったよ」

ケン坊は絵に描いたような泣き笑いの表情で、がっくり肩を落とした。

「またかー」

宗茂がわざと呑気な声で応じると、ケン坊はミルクコーヒーを呷《あお》るように飲み、手の甲で口周りを拭った。

「どうかってくらい陰気な顔してさ、もうたくさん、今度こそ別れるってきかないんだよ」

「いっそ別れりゃいいじゃん。何度もよそ見するくらいならさ」

「いやいやムーちゃん、よそ見なんて、だれでもじゃん？　可愛いなーって思ったらつい目が追っちゃうじゃん？」

「だけどもケン坊、おまえは見るだけで済まないんだろ？」

ケン坊はムッとして言い返した。

「おれからいったんじゃねーよ。向こうが『ねぇ、ねぇ、ねぇってばぁ』って感じを出してくるから、こっちだって『そうかい？』ってなるじゃん、据え膳じゃん」

なんならハニートラップ、と肩をそびやかした。宗茂はため息をつき、腕を組んだ。

「やっぱり別れたほうがいいよ。ケン坊はひとりの人と付き合うのがたぶん向いてないんだよ。特定のひとりに縛られることなく、自由気ままに色恋沙汰を楽しめばいいじゃん」

きっとそっちのほうがケン坊の性《しょう》に合ってるよ、ケン坊はそういう性分なんだよ、と宗茂は言った。熱弁にならなかったかどうか、それだけが気になった。

「やだよ、そんなの」

ケン坊は言下に、真っ直ぐ、否定した。

「なに言ってんだよ、ムーちゃん、それってまともな結婚は諦めろって言ってるようなもんだよ？」

呆れたようにかぶりを振り、

「おれはあいつを女房にするって決めてんだ。あいつはおれのベターハーフなんだよ。ムーちゃん、知ってっか？　ベターハーフ。ハマグリの貝合わせみたいなやつ。おれとあいつは生まれる前から一対だったというね」

うん、と旨いものをたらふく食ったこどもみたいに大きくうなずいた。

だからまぁある意味ケン坊は奥さんに一途だった、と言えなくもない、と宗茂は思う。奥さんもケン坊ひとすじだった。ほかの女性に目移りしても結局は自分のところに戻ってくると信じていた。長い髪をかきあげて、ＥＭＳを流されたように唇を震わせて、だって、おまえはおれのベターハーフだってケンちゃんが、と自分に言い聞かせるように繰り返した。

ばかみたいだ、と宗茂は思った。別れる気はさらさらないし、そういう男だと分かってあげてるつもりだけれど、やっぱり我慢できなくて、彼氏の浮気を彼氏の幼なじみを呼びだしてはだらだら愚痴る歳上のオンナも、そんなオンナに「別れてやるって脅してやればいいんだよ」とか「浮気し返してやるってのはどうかな」とか「あなたにはもっといい人がいるはずだ」と必死で唆《そそのか》す自分自身も、げろが出るほどばかみたいだと、宗茂は思ったものだ。


「で、どうやって仲良くなったのさ？」

宗茂はケン坊とドトールのアラフォーとのなれそめを訊ねた。

「ふっ、ふっ、ふっ」

ケン坊は満足そうに区切って笑った。それに合わせて丸っこい肩を揺すった。芝居がかった調子で話し始める。

「先月のある日、おれが同じビルの建築事務所の所長で気のいいヤマちゃんとドトールでコーヒーブレイクしてたと思いなよ」

そのヤマちゃん氏はケン坊に再婚を勧めたそうだ。いわく、男ヤモメにウジがわくじゃないけど、おれらみたいな昭和の男は独りでいると歳がいけばいくほどむさっ苦しくなりがちで、しょぼくれがちだ、いや、奥さんが亡くなって半年も経たないのにこんなことを言うのは早すぎるかもしれない、でも四年も看病したんだ、ケンさんの苦労はこの辺の人間ならみんな知ってる、難癖つける奴なんてひとりもいないさ、いや、ケンさん自身がまだその気になれないって言うんなら仕方ないけど、考えるだけ考えておいていいと思うよ。

「……ヤマちゃんも恋女房を亡くしてんだよ」

とケン坊は説明した。身を捩《よじ》って号泣したのに、一年も経たないうちに電撃再婚したらしい。数年経過した現在も絶賛ラブラブ中とのこと。

「一言で言うとヤマちゃんは情熱家なんだな」

うんうん、とケン坊は顎を跳ねあげるようなうなずきをした。舌で頬肉を内側から押し、ぷっくりふくらませてから言った。

「おれさー、そのとき、なんかやけにヤマちゃんの言葉が刺さっちゃってさー。うまく言えないんだけど、フッとこう、また、青春時代が始まるような、なんかこう幕開けっていうか、そんな気がしてきたんだ。あーでもおれきっとその手の恋愛系のカンみたいなのが鈍ってるよなーってヤマちゃんに言ったら、マッチングアプリとかで慣らし運転したらって助言されて、おれ、あっ、って思ったの」

　おれったらハゲてんじゃん、って、とケン坊は爆笑した。宗茂ものけぞって笑った。

「そこでまずは薄毛対策だってなって、ケンさんをハゲます会結成だぁなんつってヤマちゃんとダハダハ笑いながらスマホでひとしきり検索して、で、近所の薄毛治療クリニックを予約して、本日は解散って席を立ち、おれがヤマちゃんのぶんのグラスも一緒に返却口に片していたら受け渡しカウンターから、ちいさな声がかかったってわけさ」

　あのー、あたしは素敵だと思います、とケン坊は声色を使った。キャハッとパーで口を覆ってみせる。

「アラフォーがそれやったらだいぶ痛いぜ」

　宗茂はせせら笑った。

「イメージ映像！」

　実際にやるわけねーだろ、知らんけど、とケン坊もせせら笑った。

「それでお近づきになったのか」

「そうだよ」

「お近づきになって初めて彼女が前からその店で働いてると知ったのか」

「そうだよ」

「三年前からいるのに、おまえ、気がつかなかったのか」

「気がつかなかったね」

「全然か」

「全然だ」

「ほんとにか」

「ほんとにだ」

断言してからケン坊は目に笑みを含ませた。いたずら小僧の顔になる。あるいは大人の男のチャーミングさとでもいうものが切り抜かれたように前に出てくる。こういうとこなんだよな、と宗茂は一本取られたように思った。ケン坊がモテるのは。

「ごめん、カッコつけちゃった」

ケン坊はよいしょと足を組み、「いいだろ、ちょっとくらいカッコつけたって」とほんのりキレてみせた。宗茂が念を押す。

「三年前から気づいてたんだろ？」

「ウッスラした記憶だけどな。いるなーくらいの」

「またまた」

「いやマジで」

「マジで？」

「大マジ」

「嘘だろ」

宗茂はケン坊を「めっ」するように優しく睨んだ。

「カッコつけんなよ、ケン坊」

低い小声を出すと、

「ムーちゃんには敵わないや」

とケン坊は両手を組んで頭にのせた。

「言い訳みたいになっちゃうんだけど、でも、ひとりだけなんだぜ。うちのやつが倒れてからは、おれ、ほんと、アラフォーとしか」

宗茂はよしよし、というふうにうなずいた。腹八分目みたいな笑みが浮かんでいる。案の定だ。くだんのアラフォーとケン坊は三年前には既にできていた。だからケン坊は極端に噂や非難を恐れていたのだ。仲良くなったきっかけはおそらくケン坊の言ったようにアラフォーからの声かけだろう。それを最近の薄毛エピソードに混ぜ込んだに相違ない。

「ところで」

宗茂は声を改めた。「お、どしたどした」とケン坊が賑やかに合いの手を入れる。奥さんの存命中から深い仲になった女性がいたとバレた照れが生え際に滲んだ汗のつぶつぶに表れている。

「おれ、会社辞めたこと言ったっけ」

「や、聞いてないな」

へーそうなんだ、と応じるケン坊に、宗茂は、訊かれてないからな、と腹のなかで返した。気づいてないだろ、ケン坊。おれが自分のことをしゃべるのは、おまえが気まぐれで訊いてきたときだけなんだぜ、と恨み言めいたことを思ったが、むろん顔には出さなかった。とても軽快にこう言った。

「けっこう経つんだよ。バイト始めたのは最近だけどね。週三で近所のスーパーの警備やってんだ」

宗茂が会社の希望退職者募集に応募したのは二年前だった。

入社以来経理を担当していたので、業績の悪化は肌で感じていた。手っ取り早く改善するなら人員整理だろうとも思っていた。そうなったら最初に手をあげようと決めていた。

宗茂は独り者だ。実家住みだし、これといった趣味もないし、浪費家でもないから金もそこそこ貯まっている。それになにより母の介護中だった。

介護といっても母は施設に入っていた。宗茂のやることはそんなに多くない。ただ折からのコロナ禍で面会が制限され始めた。月に一度、施設側の決めた順番でのガラス越しの対面にかぎられた。仕事の都合で行けなかったら翌月までお預けだ。

つまり、母の顔を見る機会が一回減ったことになる。母の顔を残りあと何回見られるのかは分からない。でも一回減ったのはたしかだった。

宗茂は思い残すことなく母と別れたかった。会えるだけ会い、そばにいられるだけいて、話せるだけ話し、笑えるだけ笑って、そして、別れたいと切望していた。

どちらかというと陰性で、交友関係の狭い宗茂に、こだわりなく話せる相手は三人しかいない。父と母とケン坊だ。なにより大事な三人である。父は忽然とこの世を去った。別れを惜しむいとまもなかった。ケン坊とは思春期の見栄で距離を置いた。深い考えなどなかった。一度距離を置いたら、元の近さは取り戻せないなんて知らなかった。二匹のきょうだい犬みたいにコロコロと組み合って甘噛みし合ったり、くんくん匂いを嗅ぎ合ったり、宥《なだ》めるように舐め合ったりした日は、もう、二度と来ないのだ。それを実感したのが大学四年の大晦日だった。ケン坊が明菜に似てると言い張った歳上の彼女に会った日。宗茂にはすぐに分かった。ケン坊が彼女をベターハーフだと思い込んでるってこと。あれが宗茂にしてみれば別れの日だった。

だから母とはちゃんと別れたかった。なのにコロナに邪魔立てされた。それでも宗茂は母との別れを全うしたと自負している。もちろん思い描いていたかたちとはちがっていた。でも、「ちがっていた」だけだ。少なくとも後悔はない。母の位牌を父のそれに並べて置いたら、父との別れの後悔も消えていたことに気づいた。

だから、残っているのはケン坊との別れの後悔だけだった。

いつか宗茂が老耄《ろうもう》して、ケン坊との思い出がみんなあやふやになったらいいな、と思う。いつの間にかこの歳になったことを考えると、きっと、その日はそんなに遠くないはずだ。

おとなしくその日を待とうか、それとも、後悔にまみれてみようか、と思ってみたりする。いっそのこと、うんと未練に思ってやろうか、という気になる。恨んでやろうか。それとも、おまえを思ってひとりでめそめそ泣いてやろうか。


宗茂は落ちてきた前髪をてのひらで上げた。ゆるい癖毛を活かしたオールバック。ジェルで仕上げている。ジェルは行きつけの理容室で勧められたのを使っている。気恥ずかしいほど清潔な香りがする。ホワイトティーというのだそうだ。

「実家も始末したんだよ」

冗談みたいな調子で言った。

「売ったのか?」

「売った」

ケン坊は「ほう」と口を開けた。ケン坊の両親は健在で、ケン坊とケン坊の姉き夫婦がすぐ近くの同じ分譲マンションに住んでいる。ケン坊家では、今、ケン坊の実家への帰還が議題に上がっているのだそうだ。姉き夫婦の息子が所帯を持つとのことで、彼らがケン坊のマンションを譲り受け、ケン坊は実家に舞い戻るのがベストというのが姉き夫婦の言い分で、とケン坊はふくれっつらをした。高く腕を組み、「そうは問屋がおろすもんか、こっちだって都合があるっつーの、なぁ？　ムーちゃん」と同意をもとめたあと、しまった、おれのことばっかしゃべっちゃった、というふうに片目を細め、話を戻した。

「ムーちゃんたら、なんで実家、売っちゃったんだよぅ」

宗茂が苦笑して答える。

「独りだからな。身軽でいたいんだよ」

「じゃ、今、賃貸だ？」

「2DK」

六畳と四畳半のふた部屋に五畳のダイニングキッチン、と宗茂はゆっくり言い、ケン坊を観察した。

「いんじゃないのぉ？　コンパクトめで」

特にどうという反応はない。

「全室フローリングでね。風呂とトイレはべつだけど、洗濯機は外置きなんだ。エアコンは四畳半に一台ついてる。六畳には押し入れと物入れ。ずいぶん前に和室を洋室にがんばってリフォームした感じ」

ケン坊は「ふぅん」という顔をしていた。そんなに詳細な説明が必要？　と言わんばかりだ。

宗茂はさらに続けた。最寄駅の名をあげ、「そこから徒歩で五分もかからない」と告げ、「駅を降りて蕎麦屋を右に曲がり、線路沿いに真っ直ぐ行った先の薄茶色のマンションだ」と道順を教え、「三階建てなんだ。各階二戸ずつで総戸数は六。耳に切れ込みの入ったハチワレ猫がうろちょろしてる。さくら猫ってやつだ。先住者が餌やりをしてたんだろう」と朗読するように言った。

ケン坊はやはり「ふぅん」という顔をしていた。さっきまでとちがうのは黒目がちらちらと動いている点。

「マロンクレール本多《ほんだ》っていうんだ」

宗茂がケン坊の黒目の中心に射込むように言うと、ちらつきが止まった、と、思ったら眠たそうな目になった。まばたきほどの間を取って、底抜けに明るい声を出した。

「ギュッとまとめると『薄茶色の本多』だな、知らんけど」

「そうだな」

宗茂はひとまず同意し、声を落とした。

「そこで、なんと、怪談が出来《しゅったい》したんだ」

三ヶ月と少し前、宗茂はマロンクレール本多に引っ越した。

実家は思いのほか早く売れた。不動産会社に査定依頼を出すと間もなくどこかから噂を聞きつけた近所の土地持ちが名乗りをあげたのだった。現在、借りている部屋は、その土地持ちの所有するマンションの一室である。折よく一階が二戸とも空いたところだった。

一階の玄関は東に向いていて、二戸は南北に並んでいる。北が道路側で、南が奥。宗茂は道路側で、奥の部屋はまだ空いていた。

宗茂は親の写真と位牌、それに少しの着替えだけ持ってきた。ほかはすべて処分した。ゆえに身の回りの品はすべて新品だ。

遅まきながら初めての独り暮らし。単身仕様の調度品は皆小ぶりで機能的でシンプルなデザインで、いやにスタイリッシュだった。つい出来心でインテリアをモノトーンで統一したので、スタイリッシュに拍車がかかった。

独り暮らしをしているなぁ、と実感された。天涯孤独になったんだなぁ、とも思った。それはそれでまったく悪くなかった。思いっきり振ったバットに当たったボールがぐんぐん伸びて青空に吸い込まれるような爽快さがある。

まだ新年度は始まったばかりだし、異動シーズンの内でもあるのに、奥の部屋の入居者は決まらなかった。やはりどの業界もなにかと厳しいんだな、と宗茂は雑な感想を抱いていたのだが、連休が明けてすぐに隣からこどもの声が聞こえてきた。こどもは、きゃっきゃと笑ったり、ふぇーんと泣いたり、コッコッコッとたぶんなにかを要求したりした。

スティーヴィー・ワンダーの「可愛いアイシャ」の冒頭で笑ったり泣いたりする赤ちゃんよりは歳がいっているようだった。でもまだあのような、なんというか赤ちゃんぽさが残っていた。いいとこ「立っち」くらいかな、と推量した。

こどもはそんなに好きではなかったが、嫌いでもなかった。泣き声や騒ぎ声を極端にうるさがるほうではなかったが、おーよしよしとあやしにいくほうでもない。どちらかというと、どうでもよかった。はなから自分とは関わりのないものと決めていた。

母親らしき女性の声も聞こえた。そんなに高くない、落ち着いた声だった。安普請の薄壁とはいえ、なにを言っているのかまでは聞き取れない。でも、こどもに話しかけているようではあった。問いかけているのかもしれなかったし、お話を聞かせているのかもしれなかった。

たまに母子で声を合わせて笑った。宗茂の胸に「高い高い」の連想がくる。母親がこどもの脇の下に手を入れて持ち上げてやり、こどもが足をばたつかせて笑い、それが可愛くて母親も笑いながら繰り返しこどもを目の上の高さに持ち上げる。

——ああ、なんだか。

宗茂はお日さまを翳《かじ》ったような感じがした。幼い頃、ケン坊が耳打ちして教えてくれた。六地蔵の手前の原っぱ。草を踏み分けて入り、エノコログサで草相撲をしたあとだった。「知ってっか、ムーちゃん、夏みかんってお日さまの味なんだぜ」。

あの光景が宗茂のまぶたの裏に広がった。とっておきの秘密を披露するケン坊は、絶対だれにも聞かれちゃならないからと宗茂にぴったり寄り添った。宗茂の二の腕にケン坊の胸があたり、トク、トク、トク、鼓動が伝わった。宗茂の耳にケン坊のちょっと湿った息が入ってきた。そうだ、湿っていた。汗をかいたケン坊は髪もTシャツの襟元もぐっしょり濡らして宗茂にくっついた。暑い日だった。うつむくと首の後ろが日差しに炙られ、じじじと音を立てそうだった。

隣室から母子の声が聞こえてくるたび、宗茂はひどく満ち足りたきもちになった。聞き入るごとに鼻腔の深くに夏みかんの匂いが流れ込む。すうっと眠りに落ちそうになる、のだが。

宗茂は毎度弾かれたように目を開けた。枕元の時計を手に取る。時刻はいつも午前二時から三時のあいだだった。つまり、深夜だ。

世のなかのだいたいが眠る時間だから、よく響くのかもしれない。宗茂は隣室との壁にベッドを寄せていた。だから余計に近くに聞こえたのだろう。が、こんな時間に母親と幼子があんなに楽しげにきゃっきゃっと笑い合うだろうか。というか、そもそも隣室の母子はいつ入居したのだろう。いくら宗茂が週三でバイトに行くとしても、母子の荷物がごく少なかったとしても、引っ越してきた気配にまるで気づかないなどということがあるだろうか。隣室には外置きの洗濯機もないのである。

宗茂は彼女たちの姿を一度も見かけたことがなかった。ひょっとしたらバイト先のスーパーで見かけているのかもしれないが、もとより顔を知らないので判断しようがない。

もしかしてコレか？　胸の内で両手を前にだらりと下げて、おばけのポーズをしてみた。だとしても特段怖くはなかった。かといって心持ちはそんなによくない。なんとなくなんかヤだな、とはっきりしない不快感を抱えつつ、深夜のきゃっきゃっを聞いていた、そのときだ。

玄関横の磨りガラスの向こうを、長い髪を後ろでひとつに括った女性のかたちが通り過ぎた。こどもを縦に抱き、こどもは顎を母親の肩にのせていた。モザイク処理された映像みたいに不鮮明だったが、間違いない、隣の母子だ。ふたりは部屋から道路に出ようとしていた。隣室の住人がそうするためには、宗茂の部屋の前を通らなければならない。

なるほどね、やっぱりコレだ。

宗茂は両手を前にだらりと下げた。

なぜそう結論したのか自分でも説明できない。モザイク化された母子の姿がそれっぽく見えたせいかもしれないし、意識のずっと奥のほうで、おばけにしたがっていたせいなのかもしれない。とにかく宗茂は反射的にそう思った。続けざまに母の言葉を母の声で思い出した。施設に入る前だ。脳梗塞の後遺症で右片麻痺を発症し、認知症も進んできた頃だったが、今思うと、すごく元気な頃だった。

「あのね、ムネ。あたし、あんたがいつまでも独り者でいて孫の顔を見せてくれないのを、甲斐性なしって思ってたけど、よおく考えてみればあんたはがんばって大学卒業して、がんばって働いて、こんなんなったあたしの面倒を文句ひとつ言わずみてくれてる、いいこどもだ。なんとりっぱな息子だったこと。あたしはもうムネがいないと生きていけないよ。ムネが結婚しなくてほんとうによかったと思ってんだ。結婚したら息子は嫁さんの言いなりだからね。いくらムネでもここまで手厚くはできないさ。だからね、ムネ。あたしが死んだら奥さんもらいな。だって独りじゃ寂しいだろ？　あたしがいなくなっちゃうんだから。んんん、べつに奥さんじゃなくてもいいんだよ、茶飲み友だちみたいなんでもさ、いるとちょっとは華やぐだろ、きもちがさ。でも、あたしが死ぬまではイヤだよ。どうか、どうか、あたしのそばにいておくれよ、ムネ。お願いだからそうしておくれ」

呪いかよ、と当時思ったことをまた思い、宗茂はかすかに笑った。

専業主婦だった母は夫の急死後、理容師に復帰した。ひと駅先の理容室に雇われて、よく働いた。精進もした。組合主催の技術講習会にも積極的に参加して、家でもマネキンや宗茂相手に練習していた。上等のシザーをようやっと買えたときは実に嬉しそうだった。宗茂を「うちの甲斐性なしさん」と呼び、「彼女めっけてさっさと出てけ」とからかっていた。言いたい放題という意味では昔っから変わらないが、まさかあそこまで利己的な「お願い」をしてくるとは思わなかった。おそらく本心なのだろう。

きゃっきゃっと笑う母子のおばけは、母が逝き、新生活を始めた宗茂の前にあらわれたのだった。

なんだか符合に思えてならない。

たとえば予知夢のようなもの。ほんの少し先の未来が見えているというような、安易なＳＦみたいなパターン。

月並みだけど悪くないと宗茂は思った。そうだ、全然悪くない。

女性とこどもと宗茂とで食卓を囲む映像が仄々《ほのぼの》と浮かんでくる。

吊り下げライトの笠は乳白色で、すげ笠みたいにでっかくて、そこから灯りが降りてくる。宗茂ら三人はそれぞれの顔をうっすら橙色に染めている。笑ったり、話したり、口を動かしたりすると、そこに淡い、優しい影がつく。食卓に並ぶのは、こどもの好きそうなものだ。ハンバーグとかグラタンとか。まだ上手に食べられないこどもの奮闘するようすを宗茂と女性が時々目交ぜして見つめる。宗茂はこどもがほっぺたにつけたやつを指で取り、口に入れる。そんな宗茂に、おかわりは？と女性が声をかける。一膳だけ、軽く、と宗茂。今日は女性が料理を担当したが、明日は宗茂の番だ。オムライスなんかどうだろう、と早くも心算《しんさん》する。ニンジンの甘く煮たのとブロッコリの茹でたのと、えーっとスープは、と献立を考える。

「けっこう楽しいんだなこれが」

宗茂がヘッと笑った。ケン坊も同じように笑った。

「妄想な」

妄想は楽しいよな、と独りごち、はて、と首をかしげた。

「ムーちゃんってそういう家族団欒的な妄想するタイプだったっけ？　草食系一匹オオカミってイメージあんだけど」

群れない、番《つが》わない、みたいな？　知らんけど、とケン坊がなんでもなさそうに（でもちょっと意地の悪そうな目をして）言った。

「草食系のオオカミなんていているわけないじゃん」

宗茂はばかばかしいというふうに（でもちょっと気弱な目をして）返した。草食動物がオオカミみたいに猛《たけ》ることはあるかもな、と腹のなかで言った。オオカミが草食動物みたいに穏やかな目をしていることだってない話じゃない。

「まーいったんおまえの言うように妄想としておこうか」

言ってから宗茂は腹のなかで続けた。そうだったらどんなにいいかっていう空想。そしたら、あの世の母を安心させてやることができる。おれだって楽になれるかもしれない。なにしろ多数派の仲間入りだからなのだが、分かっている。結局は絵空事だ。しがない妄想にすぎない。なのに宗茂の頭からは現実化しそうな予感が消えなかった。「まんま」じゃないかもしれない。ほんの少しだけかたちを変えて、「ほんとう」になりそうな、そんな、夢みたいな、謎の、予感だ。

「ところが、だ、ケン坊どうもそうじゃないらしいんだよ」

宗茂は上半身を倒し気味にし、ケン坊に顔を近づけた。「お？」というふうにケン坊も首を突きだし気味にする。

「最近、男の声がしだしたんだ」

夕方だ、夜中にも聞こえる、と付け加えた。

「あのこどもは、たぶん夜中にぐずる質《たち》なんだよ」

さらに付言し、ケン坊にうなずいてみせた。

「ムーちゃんの妄想がなせる業《わざ》だな」

「ちがう」

「というと？」

「言ったろ、ケン坊。怪談だよ」

ケン坊はスッと首を引いた。隅の角っこに小太りのからだを預ける。宗茂が言う。

「おまえの声なんだ。最近おれんとこの玄関の横の磨りガラスを行き来する新しいモザイクも完全におまえなんだよ」

ケン坊はいやにゆっくり、べえぇっと白っぽい舌を出していき、出し切ったあたりで裏返し、先っぽで上唇を舐めた。

宗茂の推量では隣室の女性はドトールのアラフォーである。こどもの父親はケン坊である。おそらく女性はケン坊に内緒で出産した。あるいはケン坊の反対を押し切っての出産だ。

世間の目をなにより気にするケン坊が彼女の妊娠を喜ぶわけがない。奥さんは存命していたが、いくら他所《よそ》にこどもができたとはいえ離婚話を持ちだせるはずがない。そんなことをしたら、どこからどう見ても人非人《にんぴにん》だ。絶対に離婚できないのだから、産まれるその子は婚外子となる。非嫡出子ってやつだ。どんなに世のなかが進んでも有形無形のハンディキャップを負うに決まってる。おれの子なのに可哀想、だったら産まれてこないほうがいい、というのがケン坊の考え方だ。これこそまさに人非人なのだが、ケン坊的には筋が通っている。

たぶん、アラフォーはドトールを辞め、行方をくらました。音信不通の間に彼女は出産し、ケン坊は妻を見送った。ケン坊の妻の訃報を知った彼女がドトールに復職し、ふたりは再会、瞬く間に元の鞘に収まった。いや、元の関係より睦まじさが増した。なにしろ子までなしたカップルの久々の再会である。嫌いで別れたのではないという思いもある。その思いは特にケン坊に強かった。おれたち、こどもさえできなければ別れずに済んだんだ、つーかさ、そんなに産みたいんなら産ませてやってもよかったんだぜ、おれはそんなケツの穴のちいせぇ男じゃないんだよ、チェッ、見損なうなよ。いつか折をみて一緒になろうと思ってたのはほんとうなんだ、と脳内でケン坊劇場を繰り広げた、に、ちがいない。

あんなに邪魔っけにしていたこどもなのに、ひとめ見ただけでケン坊は夢中になった。初めての我が子だ。可愛くって仕方ない。どうしてくれようと歯嚙みするほど愛おしい。よく諦めないで産んでくれたね、ありがとう、と涙ぐみ、心細かったろ？　ごめんよ、なんもかもひとりでさせちゃって、とアラフォーを引き寄せて、これからはふたりだ、いや、三人か、と笑いながら抱きしめたはずである。ケン坊はそういう奴だ。宗茂には手に取るように分かる。

アラフォーとこどもがどこに身を寄せていたかとか、どのようにして生計を立てていたかとか、宗茂の隣室に越してきた具体的な経緯などは不明である。あれこれ想像してみたが、確信が持てなかった。けれどもそれは大きな問題ではない。外置きの洗濯機がないのだって重要ではない。肝心なのはケン坊の新しい妻子が宗茂の隣室に住んでいること。折々ケン坊が訪ねてきて、清貧っぽい三人暮らしを満喫している、という事実だ。

「……なるほどねぇ」

ケン坊の声には深みがあった。落ち着きを取り戻したらしい。舌舐めずりをしてから口をひらいた。

「するとおまえは隣の部屋で団欒する妄想上のおれたちに夜な夜な聞き耳立ててるってわけだ、知らんけど」

サンタクロースみたいにホーホー笑った。

「そうだよ」

宗茂はマスクの下で口元をほころばせた。それがおれの幸福なんだ、とゆっくり唇を動かして、長いまばたきをした。

隣室の三人家族。ケン坊とアラフォーとそのこども。昨夜も団欒していた。アラフォーが晩飯の仕度にかかっているあいだにケン坊がこどもを風呂に入れたようだった。

アラフォーは何度も大きめの声を出した。途切れ途切れの声しか聞き取れなかったが、機嫌のよさそうなのは伝わってきた。彼女は風呂場からの問いや応援要請に「まったくもう」と呆れつつも満ちたりた笑顔で応えているようだった。

ケン坊とこどもが風呂から上がったら、就寝まで賑やかな時間が続いた。三人の声は撚り合わさって一色になったり、ほどけて三色になったり、二色と一色に分かれたりした。

隣室との壁からねっとりと漏れでる三人家族の幸せぶりは、それまでに宗茂が思い描いた妄想と不思議なほど合致した。そればかりではない。隣室の三人家族は宗茂が妄想しきれなかった細部を補ってくれた。

それでつい宗茂はケン坊が自分の代わりに三人家族をやってくれていると想像してみた。宗茂が拝むようにして頼んだら、きっとケン坊は、任せとけって、と胸を叩いてくれるにちがいない。いや、叩かないはずがない。こんなに長い付き合いなのに、宗茂はケン坊に真剣な――恩に着るような――頼みごとをしたことがなかった、ような気がする。記憶をたぐって、たしかにそうだ、とうなずいた。

逆パターンなら何度もあった。不思議なことに具体例はひとつも思いだせなかったが、頼むよ、ムーちゃん、この通りだ、と世界一情けない顔で拝むケン坊のクローズアップがよぎったり、ピンチを脱した途端マイケル・ジャクソンの決めポーズをしてフォーーーーッと叫ぶケン坊の裏声が聞こえてきたりした。

壁越しに三人家族の生活音を聞くのが宗茂の日常になった。

もうひとりの宗茂が隣にいる。妻と子に囲まれて、どうということのない平凡な、だからこそ幸福な生活を送っている。それは母の思い描く宗茂の行く末だった。当の宗茂だって何度も思い描いたことがある。そのたび諦め、白んでいく空の遠くのほうに目を凝らしたりした。

実際に隣にいるのはケン坊だ。夜毎聞こえてくるのはケン坊の陽気な声だ。宗茂は隣室との壁に口づけしそうなほど顔を寄せて、その声を聞く。たまに後追いで口真似してみる。全部は聞き取れないから、想像で。「うーわっ、………………な!」だったら、「うーわっ、これめっちゃ旨いな!」という具合。

そんなある日、宗茂のもとに新しい考え方がどこからともなく運ばれてきた。

隣室の三人家族を分解すると、夫と妻とこどもである。父と母とこどもでもいい。

だが例えば天気のいい休日に三人で電車に乗って遊園地にお出かけしたらどうだろう。隣室のこどもはまだ乳児だから電車の切符も、遊園地のチケットも大人二枚だ。そう、大人二枚。つまり夫婦は、そして父母も、大人二名と言い換えられるわけで――。

宗茂は息をひそめ、隣室の大人ふたりにケン坊と自分を振り当ててみた。母と宗茂、どちらの願いも叶えられた瞬間だった。

「いいこと教えてやろうか？」

ケン坊がなぶるような目で言った。

「あの部屋はリフォームしたばっかで、洗面台の脇に洗濯機置き場を設けたんだよ」

「知らんけど？」

宗茂が微笑む。「まあな」と同じ表情で答えるケン坊を見て、かぶりを振った。ったくケン坊はしょうがないね。怪談ってことでいいじゃないか。

もう充分ママで

1

駅前の蕎麦屋を左に曲がり、直進するとすぐ市内屈指の大規模マンションが出現する。

地上十五階地下一階建てで、総戸数は百五十。高低をつけた植栽を脇に見てタイル床を歩いていけば木製ドアが左右にひらく。目の前のオートロックシステムを操作するとガラスドアがスーッと開いて広々としたロビーに迎え入れられる。右手にはホテルのクロークみたいなコンシェルジュカウンター。制服を着た女性二名が会釈する。中央のステップを上がると素敵な応接セットが用意されていて、住人と来訪者との待ち合わせ場所になる。軽いミーティングももちろん可。ぱりっとしたスーツ姿の数人が感じのいい笑顔で名刺交換をするようすが垣間見られ、なにもかもがなんとなく格好いい。全市民あこがれのマンション、だったのはざっと三十年前の話である。

今や持ち家として入居している戸数は半分にも満たない。竣工したての新築マンションだった頃からの入居者はそのまた半分以下で、皆、高齢となっている。コンシェルジュカウンターは無人。奥の小部屋に待機しているのは眠そうな目をした派遣の管理人だ。

応接セットはあるにはあるが、ラベンダー色のソファの生地は色褪せて擦り切れているし、白いテーブルはガタついている。ここ数年はもっぱらアジア系およびラテン系ファミリーのパーティルーム兼キッズルームと化している。

ファミリーは、このマンションの賃借人の同居者たちである（たぶん）。契約書類がどうなっているのかはさておき、現在では、このマンションの一大勢力となっている。確たる証拠はないのだが、２ＬＤＫの一室に驚くほどの大人数で暮らしているようだ。

「むかしっからだってさ。夏んなるとしょっちゅう救急車がピーポピーポくんだよ。そ、熱中症。エアコン代ケチって。で、救急車の人がドアを開けたら大人やこどもや赤ちゃんがワラワラ出てくんだって。ホントだって！　有名だもん！　かき分けてもかき分けてもナニ語だか分かんねぇ早口でベラベラしゃべりながら出てくるらしいよ。てゆーかこんなハナシ」

みんな知ってる、と銀河《ぎんが》が鼻を鳴らした。

「うん、みんな知ってる」

風雅《ふうが》も鳴らす。「な？」というふうに兄弟はうなずき合った。彼らは、かのマンションの住人である。ちょっと得意そうな顔つきを揃えて、明人《あきと》を見上げた。

「へぇ、そうなんだ」

明人は兄弟から視線を外し、どうでもよさそうに応じた。これは彼の癖のようなものだった。鏑木《かぶらぎ》明人は、他人からもたらされた情報に、面白みを感じ興味が湧くのをまぁまぁ恥としている。自分が知らなかったニュースや知識や噂を相手が知っている、そんな状態がうっすら屈辱なのだ。さらに屈辱感を高めるのは、その情報に自分が興味を持ったと相手に悟られることで、それは七歳と五歳の兄弟相手でも変わらない。「なるほどねぇ」と語尾をぼやかしてつぶやき、その話題を終わらせた。

「チョックロ」

と手のひらを上にし、小指から握り込んでいって催促する。

「ほら、チョックロ」

銀河も右手をグッパー、グッパーと動かした。

「ほいきた」

風雅が、パンがたくさん入った番重《ばんじゅう》の脇にしゃがみ込み、ロカボマークのついたチョコクロワッサンを「はい、チョックロ」と銀河に差しだす。受け取った銀河が明人に手渡し、明人が陳列棚に見場よく納める。数回繰り返したのち、明人が言う。

「んじゃ次。ハムチ」

　パンの略し方は明人のオリジナルだ。ハムチはハムチーズブレッドで、ロンパはメロンパン、ちぎっパはちぎりパンという具合。三人だけの隠語なものだから、ちびの兄弟は声に出すのが愉快でならないらしい。言うたび、どちらもイヒヒという口つきをする。日灼けを重ねた味しみ大根みたいな色の頬が持ち上がり、よく似た大きな黒目がいくらか細まる。まるで昼さがりの公園で仲良くブランコの順番待ちをしているように見えるが違う。

　時刻は午前一時三十分だし、場所はコンビニだ。付け加えるなら、日にちと曜日は十一月八日の火曜。平日である。


　――なんだあれ。シタはまだ幼児だろうけど、ウエの方は小学校にあがってんじゃないの？　大丈夫？　学校で眠くなんない？　いくらなんでもこどもは寝る時間だよね、っていやいやいや、じゃなくて、こどもがこんな時間にフラフラしてるってどうなの？　一般通念的にアウトなんじゃ。

　初めて兄弟を見かけたときの明人の感想だ。

　バイト初日でもあったので仕事を覚えるのに精いっぱいだったが、ものすごく気になった。

　彼らのようすは「コンビニでよく見るこどもら」そのものの普通さで、それがその異様さをひどく高めた。

翌日も、そのまた翌日も、兄弟はやってきた。彼らは小遣いを持っていて、午前零時から二時近くまでたっぷり時間をかけて店内をくまなく物色し、なにかちいさなお菓子をひとつずつ買っていく。

その際のレジ担当とのやりとりも明人はだいぶ気になった。

兄弟は、歯が抜けたとか生えたとか、ヘソをほじくってたらニチャニチャしたのが出てきて焦ったとか、そんな報告をニコニコ顔でレジ担当にするのである。しかもカウンターに両手をついてぴょんぴょんしたり、頭を乗っけて胴体をごろごろ回転させたりしながらだ。

レジ担当もレジ担当で、眉を上げたり、目を見ひらいたりのリアクションをしながら機嫌よく聞いてやり、最後は「ありがとございました、おやすみー」と手を振る。兄弟も「おやすみー」「おやすみー」と手を振って店を出ていく。自動ドア越しにまた大きく手を振って、ヨーイドンとばかりに駆けだし、夜のなかに吸い込まれるように見えなくなる。

——変じゃないか？　なにかが、っていうより、すべてがちょっとずつ。

ある日、我慢しきれず、明人は菓子パンの品出しをしながらレジ担当に訊いた。

「なんですか、あれ？」

「あーいつもよ」

アルナさんが口元で微笑んだ。アイラインで囲ったようなハッキリした大きな目で明人を見て、「おとくいさん」と付言した。アルナさんのものの言いようは常に簡潔だ。

「マンションの子たちだよ」

フライヤーの掃除をしていたチャンダンさんが振り返って補足するように答えた。合唱部の花形みたいないい声で「ほら、近くの」と四角い顎で方向を指し、アルナさんにうなずきかけた。アルナさんもふふっ、とうなずく。上目遣いでチャンダンさんを見やり、また笑った。

ははーん、と明人は察しをつけた。好き合ってんな、と思ったが、それはともかく、（ああ、あのマンションね）と口のなかで言った。例の古びた大規模マンションだ。その裏手に明人が働くコンビニがあるのだが、それはともかく、と再度思った。いつものシフト仲間三人のうち二人が好き合ってるとなると、「なんか気ィ遣うわ」と聞こえないようにつぶやいた。

それもこれも二ヶ月前のことだった。今やチャンダンさんとアルナさんはしっとりとした雰囲気で見つめ合う時間が増えたし、兄弟が明人の「お手伝い」をするのは、すっかり日課となっている。

ちょっとした光陰矢のごとしだな、と明人はたまに思う。

バイトを始めるまでの自分が前世の人物に思える。そのくらい遠い記憶に感じる。

つまりあらかた忘れている。

たった二ヶ月で？　そんなばかな、と、たまに思いだそうとしてみるのだが、壁に映った人影が目に浮かぶだけだった。ろうそくの炎みたいに揺らめいていて、だれかがフッと息を吹きかけたらたちまち消えてなくなりそうな、おぼろな人影だ。

明人はかすかに笑い、それから唇を固く結んだ。現在の充足感がこみあげるのと同時に、あの頃の自分には戻りたくない、とあらためて思った。

2

九月からバイトを始めようとしたのには明人なりの理由があった。

それは「キリのよさ」である。九月は夏休みを終えた人々がきもちも新たに日常生活に帰ってくる。その心機一転っぽい風潮に乗じようとした。今度こそ乗っかりたいと思った。

実は何度も失敗していた。心機一転っぽい風潮を匂わせる月は九月だけではない。年の初めの一月、旧暦じゃ正月の二月、年度替わりの四月、カレンダー的下半期スタートの七月。明人はどの月もネットの求人サイトを眺めてはバイト先を検討したのだが、ここだというところはなかなかなかった。明人は、人間関係が煩わしくなく、拘束時間短め、作業軽め、時給高めというのがいいな、と思っていた。一方で、そんな理想すぎる職場など滅多にないのも分かっていた。無難そうな求人募集をいくつかピックアップし、面接を受けに行こうと決心したりもしたのだが、行動を一日延ばしにするうちに日が過ぎてしまった。

「キリのよい」月を棒に振ると、それ以外の月に始動する気が起こらない。

九月の翌月は十月だ。十月は十一月、十二月と一緒になって年の瀬トリオみたいなものを組んでいる。師走感を加速させ、人々を「来年に賭けよう」モードにさせる。

つまり、九月のキリのよさを逃すと、なにもしないで二〇二二年が終わってしまうのだ。一年なんてほんとうにあっという間だ。明人はよく知っていた。とくにコロナの一年間は早かった。二〇二〇年と二〇二一年だ。この二年間は冬眠していたとしか思えない。すべてが夢のなかのできごとのようだった。

冬眠の端緒となったのは、二〇二〇年一月のセンター試験だった。

明人は高校三年生。地元の国立大学を目指していた。どこでもいいからどこかの学部に入り、地方公務員試験に合格し、一般事務として地元で働く。これが彼の描く大まかな人生計画だった。

もし地方公務員試験合格が難しいようだったら、手堅い経営をしている地元企業に就職しようと思っていた。いずれにしても三、四年勤めたら結婚し、第一子誕生前後には引き寄せの法則なども用いてマイホームを購入するつもりだった。

彼女の心夏《ここなつ》とふたりで決めた計画である。

心夏は中学での同級生だった。卒業後の春休み、元クラスメイト数人で繰りだしたカラオケ屋のパーティルームのドア前で、トイレ帰りの心夏を待ち伏せした明人が勇気を出して告白し、ＯＫをもらった。

「付き合うことになりましたぁ」

ふたり一緒にパーティルームに戻ったときのみんなの反応は一生忘れない、と明人は思う。心夏も同じ思いのようで、ふたりはことあるごとにこの話をした。

みんなの「え」と口を開けたポカン顔が一斉に笑顔になる瞬間。まるで花がひらいたようだった。花たちは口々に「えーっ」とか「待ってなにこの展開！」とか「おめでとう」と叫び、沸きに沸いた。だれかが「ベストカップル！」と大声を発し、すごく楽しそうな拍手笑いが起きた。

明人は成績がよいほうだったし、心夏は可愛いほうだった。明人はなにがどうというのではないのだがボンヤリとした目鼻立ちで、心夏は頭の回転は速そうなのに勉強が苦手だった。共通しているのはお調子者の傾向がありながら実は堅実という点だ。ふたりは、似たもの同士でありながら、破《わ》れ鍋に綴《と》じ蓋的要素も兼ね備えているという、まさにベストカップルだったのだ。

高校は別だったが、家が近かったこともあり、ほぼ毎日会った。なにをしてもしなくても、どこに出かけても出かけなくても、ふたりでいさえすれば満ち足りた。とにかく相性がよく、知れば知るほどカチッ、カチッとパーツが嵌《はま》っていくようだった。

「うちら一生別れない気がする」、「ん、そんな気するな」というような会話を頻繁に交わすうち、はっきりとしたプロポーズのないまま、ふたりのなかで結婚が既定路線となった。

高校一年から二年になる春休みには具体的に将来の話をするようになり、夏休み前には心夏が買ってきたキノコの表紙のロルバーンに、ふたりの人生計画を書き留めておくようになった。

「夢を叶えるには」

ロルバーンに手を置き、心夏が厳かに言った。

「言霊《ことだま》もだいじだけど、書くって行為もだいじなんだって」

成功者はみんなやってるらしいよ、とロルバーンの一ページ目に「鏑木明人」と明人に書かせ、「明人」の下に「心夏」と書いた。かねて心夏のペンの持ち方が気になっていた明人だったが、このときばかりはその握り持ちまでが愛おしく思えた。

明人の父は地元の信用組合に勤めている。母は駅前の花屋でパートをしている。父方の祖父母は隣県で暮らしていた。叔父一家との二世帯住宅住まいだ。明人が顔を合わせるのは正月かお盆くらいである。

母方の祖父母は駅近の例の大規模マンションに住んでいた。叔母が国際結婚からのLA暮らしのため、老いた両親をみるのは母の、ひいては明人一家の役回りとなっている。

心夏の家は二代続いた仕出し料理専門店で、地元では老舗のほうだった。店は心夏の兄夫婦が継ぐ予定だが、心夏も手伝うつもりでいるようだ。「だって家族だし。ほっとけるわけないよ」というのが心夏の言い分である。心夏の父の女きょうだいは二人とも地元住みにもかかわらず店の手伝いに来ないらしく、心夏ファミリーではしばしば強い非難の的になるようだった。

そんな心夏の意を汲んで、ふたりの人生計画は地元密着型になったのだった。

明人にはなんの不満もなかった。

放課後や休日をともに過ごすのはもっぱら心夏だった。地元の友人らと遊ぶときでも心夏と一緒だ。隣市の高校に通っていたが、親しい友だちはできそうになかった。明人のちょっと癖のある気位の高さが敬遠されるようだった。地元では「明人ってそういうヤツ」と受け入れられているのに。

三人兄弟だが地元に住み続けるのはきっとおれだけ、という予感もある。「ゆくゆくは親の面倒をみるのだろうな」というのが明人の頭のどこかにあった。親から圧をかけられた憶えはないのだが、「そういうものだ」という考えの種がいつしか明人のなかに蒔かれていたようだった。疑問を挟む隙を与えないほど歴史の重みを感じさせる、地に足のついた考え方のような気がしていたが、それが当たり前だと思えるようになったのは心夏のおかげだった。

「えーさいごまで親の面倒みるのは、うちらこどものつとめだよ？　育ててもらった恩とかあるし。恩返ししないとね！」

まんまるおめめをクリクリさせて心夏が言った。夜空を指差し、ほら見なよ、星が綺麗、と言うように。

明人は一瞬で納得した。理屈ではないのだ。夜空に煌めくちいさなものを星と呼び、星は綺麗と決まっているように、こどもは親の面倒をみるものなのだ。恩返しなのだ。

商業高校に通っていた心夏はすごく頑張って簿記二級を始めいくつかの資格を取得し、高三の秋には地元の専門学校のビジネスコースへの進学を決めた。さらにステップアップし、家業の経理部門を担う計画だ。

明人と心夏はふたりだけの合格お祝い会をおこなった。駅前ビル内しゃぶしゃぶ専門店の三元豚の食べ放題プランはふたりのお気に入りで、外食というとまずここのこれだった。普段はこれにドリンクバーをつけるだけだが、誕生日なんかには記念日ケーキを予約する。そのときは明人が店に連絡しておいた。心夏はプチシューを積み上げたケーキから一個つまみ、「タスキを渡すよ？」と明人の口に入れた。

明人はプチシューを咀嚼し、ごくんと飲み込み、走りだす身振りをしてから、余裕の表情を浮かべ、こぶしで胸を叩いてみせた。

ふたりの人生計画の二〇二〇年（高校卒業後の進路）の二つ並んだマス目でいうと、残るは明人の地元国立大学合格だった。

彼の学力からするとクリアしたのも同然だった。なぜなら地元国立大学であれば、どの学部でも可とする計画だったからだ。たとえどんなに体調が悪くても、どこかに潜り込むくらいはできるはずだ。

いや受験に絶対はないのだが、と明人は気を引き締めるのも忘れなかった。風邪をひかないよう、寝不足にならないよう留意した。センター試験当日のコンディションも悪くなかったし、さして緊張もしていなかったし、思わぬアクシデントにも遭わなかった。でも失敗した。試験が始まった途端、ふわあっとしたのだ。

いわゆるチンさむ——車で走行中、段差や急勾配などを通過する際、股間が浮き上がるような感覚になること——状態に似ていた。

明人のからだとこころが、なぜか、ふわあっと浮き上がったのである。胸が異様にドキつき、鼓動が爆音で聞こえた。息が浅く、短くなった。マジか、やばっ、パニック？　えパニック？　パニックパニックパニックとうわ言みたいに胸の内でひとしきり繰り返し、いやそれダメなやつ、絶対慌てちゃダメなやつ、と気づき、吸ってー吐いてーと自分に声をかけ呼吸を整えることに専念した。

どれほど時間が経過したのかは憶えていないが、そうしているうちに明人の心身は落ち着いてきた。浮き上がり、ばらばらに散らばっていた臓物たちが元の場所に戻ってきた感覚があった。

脳みそだけ、戻らなかった。

明人の頭の中身は依然としてふわあっと浮き上がっているらしく、試験問題を目で追っても、追ったはしから文字が滑り落ちていくようで、文脈が掴めなかった。またパニックになりそうになり、吸ってー吐いてーとやっているうちに現代社会の時間が終了した。続く国語でも明人の状態は改善しなかった。英語も同様で、こうしてセンター試験第一日が終わった。悪夢だった。

浪人確定と知りながら、二日目も受けに行った。

昨日、自分の身に降りかかったあの「ふわあっと」現象が一回性のものだったと確認したかったのだ。あれはおそらく緊張によるものだ。自分では平常心のつもりだったが、どうもそうではなかったらしい。明人はそう考えた。心夏とふたりで導きだした結論でもあった。

昨日は試験会場を出てすぐ心夏にＬＩＮＥをした。まだ「ふわあっと」浮かんだ脳みそが戻り切っていなかった明人は、顛末をうまく文章化できなかった。通話に切り替えたが事態は変わらず、心夏はいてもたってもいられなくなったようで、会って話そうということになった。場所は駅近のあのマンションだ。あそこのロビーをふたりはちょくちょく利用していた。祖父母が住んでいるため、明人はオートロック開錠の暗証番号を知っていた。

　ロビーには、たいていいつもアジア系やラテン系のファミリーがたむろしていた。みんな色が浅黒くて眉が濃く目がパッチリしている。目が合うと微笑むのだが、それ以外の表情が自分らとはどことなく違うような気がする、とふたりはこっそり言い合ったことがあった。異国で迷子になったような漠然とした怖さはあったが、不良や酔っ払いがうろつく駅界隈ではまず安全な場所といえた。お金がかからないのもよかったし、トイレもある。

　明人と心夏は将来のために倹約をしていた。イエロー系のメッシュポーチがふたり共有の財布で、管理は心夏の役目だった。「ちりつも、ちりつも」。心夏が言いだした節約のための魔法の言葉はすっかりふたりの合言葉になっていて、クスクス笑いで言い交わしながら、硬貨やせいぜい千円札を財布に適宜入れ合い、それで記念日の外食代を賄《まかな》ったりしていた。

　ふたりはロビーのすみの床に直座りして話し合った。応接セットではアジア系のふたつのファミリーがマックを食べていた。ママ二名、キッズ六名の構成と思われる。明人と心夏の深刻そうなようすに遠慮して、ママたちは、はしゃいだり揉めたりするキッズたちに厳しめに注意し、それからふたりに会釈した。明人と心夏もどことなく外国人っぽい目つきと仕草で会釈を返し、また話し合いに没入した。マンション裏手のコンビニでフライドチキンとエナジードリンクを買ってきて空腹を鎮めつつ夜遅くまでかけて結論に辿り着いた。

「受験」はふたりでつくった人生計画の最初のハードルである。去年の秋、まず心夏が乗り越えた。さぁ次は明人の番だ。

（心夏の志望した）専門学校と（明人の志望する）国立大学の難易度は比較にならないほど違うものの、どちらもふたりのあいだでは「まず落ちない」との暗黙の了解があった。心夏が内心どう思っているのかは定かではないが、明人には落ちる予感がまったくなかった。合格する確率ハンドレッドパーセント、としばしばふざけたものである。

「逆にプレッシャーがかからないわけないと思うマジで」

心夏が一気に言った。引き締まった表情で、思い切って言います、というように唾を飲み込み、口をひらいた。

「たぶんだけどうちらの人生計画そのものも明人には圧かかってたんだと思う。男の責任ってすごいし……。だってうちの人生を背負うわけだし。や、うちらの人生を一本化して家族になるというか、うん、それってかなり覚悟いると思う。明人は笑って腹を括ってくれたけど、やっぱり相当なプレッシャーだったと……。それが溜まりに溜まって受験の日に爆発したんじゃないかな、って」

「え？」

言うなり、明人は固まった。

意外すぎて整理がつかなかった。頭のどこかでほとんど反射的に納得できたのも我ながら驚きだった。

ずっと前から圧がかかっていた事実にようやく気づいた——、そんな思いがゆっくりとこみあげてきた。プレッシャーが溜まりに溜まったのは明人が蓋をしていたのではなく、圧の存在そのものにまったく、ぜんぜん、気がつかなかったせいではないだろうか。

家族になるというゴールがあったほうが、恋人という関係を続けるよりも、明人にしてみれば安定感があった。プレッシャーが少ないと思えたのだ。

いずれお父さんとお母さんになる間柄なら、「彼女」を飽きさせない工夫を凝らさずに済む、つまりそんなに気を遣わなくて済む、イコール助かった、というようなきもちが明人にあった。

心夏は、明人にとって生まれて初めてできた恋人だった。まさか卒業記念の告白が成功すると思わなかった。ちょっとギャルっぽい心夏は堅物の明人にとっては憧れの対象だった。付き合えるのは嬉しかったが、おじけづいてもいた。なにかヘマをして「ウケるんだけど」と拍手笑いされたり、「は？」と真顔で訊き返されたりしただけで深く傷つきそうな気がした。

ビビりながらも明人は頑張った。誕生日のサプライズ演出もしたし、心夏の行きたがったディズニー、ピューロ、八景島《はっけいじま》シーパラダイスにも出かけた。ほぼ毎日会ったし、連絡も取り合った。親密さが増すにつれ、明人は、ほんとうに心夏のことが好きかどうか分からなくなっていった。心夏の笑顔を見たくてそうしているのか、「そういうもの」だから骨身を惜しまずにいるのか。

心夏からの最大の褒め言葉は「うちら一生別れない気がする」だった。これが彼女の口から出るたび、明人は鳥肌が立つような思いがした。感動もあったが、恐怖もあった。なぜなら、心夏と付き合っているかぎり、心夏を喜ばせ続けなければならない。それってちょっと地獄っぽい。永遠に終わらない責め苦を負わされた感じがあったのだった。

そんな一切合切が、心夏と将来をともにする約束ができるやいなや吹っ飛んだ。きっかけとなった記念碑的な会話を明人はよく憶えている。夏の夕暮れ、心夏がいつものようにこう言った。

「うちら一生別れない気がする」

「ん、そんな気するな」

「……思うんだけど、明人って国語苦手だよね」

「でもないけど？」

「さすがに行間読めなすぎなんだけど」

悪戯《いたずら》っぽい表情で見てきた心夏の可愛かったこと。彼女は息を吸い、思い切ったように明人に告げたのだった。

「うちとしては腹割ってんだけど」

うちら、一生、別れない、気が、する、と心夏が甘いため息をつくようにゆっくり言った。まんまるおめめが信じられないくらい潤んでいた。まぶたも頬もピンク色に染まっていた。

「ごめん。ほんとごめん」

明人は心夏を抱き寄せた。ぎゅっと抱きしめ、互いを食べ合うようなぎらつくキスをした。明人の部屋にいたので、セックスになだれ込んだ。もちろん初めてではなかった。ふたりのあいだでは、おおよその手順も決まっていた。でも、こんなに余韻がすごいセックスは初めてだった。明人はなにもかもが満ち足りた。心夏もそのような顔つきをしていた。

このようにして変化し深まっていったふたりの関係の心地よさといったらなかった。

相性でいえば彼女版心夏より嫁版心夏とのほうが断然よかったのだ。明人はすごく自然体でいられた。もう躍起になって心夏の機嫌をとらなくていい。フラれる不安に慄《おのの》かなくていい。もちろん誕生日や記念日にはプレゼントを交換したが、ルーティーンの一環みたいな感じで、そんなに気張った雰囲気ではなくなった。心夏がいいことを言った。

「うちらってふたりとも釣った魚に餌をやらないタイプだね」

くすくすくす、とおでこをくっつけ合って、明人は心夏と出会えた喜びをつくづくと味わった。とてもしあわせだったのだ。なのに。

それがプレッシャーになっていたとは思いもよらなかった。

心夏に指摘されたときは驚いた。しばらく口を開けたままだった。ゆっくりと口を閉じ、冷静に考えてみればまったくその通りだと思えてきた。

心夏との生活――ゆくゆくは二人のこどもに恵まれた四人家族暮らし――のベースをつくるには、まずなんとしても地元の国立大学に合格しなければならない。たとえ公務員試験に失敗したとしても、あの国立大学を卒業しさえすれば地元じゃ超エリートで通る。

大学受験は、絶対に負けられない闘い、だったのだ。たいてい受験はそういうものだが、明人は必要以上に負けられない、しくじれない、と知らず知らずのうちに思い込みすぎ、自分を追い詰めていったのかもしれない。そうだ、そうだ、そういうことだ。明人はほっと息をついた。

「おれ、けっこう緊張しぃだからな。今年ダメでも来年があるのに」

ふっ、と恥ずかしそうに鼻を擦《こす》った。

「人生に回り道はつきものだよ。そんな予定通りになんていかないって」

だいじょうぶ！　と心夏にハグされて、勢いでキスしたときには周りに人はいなかった。マックパーティをひらいていた二つのアジア系ファミリーは既に引き上げたようだった。ロビーは明人と心夏のふたりきりで、だから、もう一度、しっとりと唇を重ねた。

　翌日、明人は爽快に目覚めた。頭のなかも澄んでいた。朝食をとりながら両親に昨日のできごとをかいつまんで話し、すみません、十中八九浪人させていただくことになると思います、一年だけで大丈夫なんで、と頭を下げた。なぁに現役偶然、一浪当然っていうくらいだ、と父が微笑してうなずき、母も優しくうなずいた。二人ともまず明人のメンタルを気遣っているようすだった。

　明人は三人兄弟の末っ子だ。家庭内でアニーズと呼ばれている二人の兄は一卵性双生児で、どちらも三年前に明人の志望校である地元の国立大学を卒業し、就職先の都内でそれぞれ独り暮らしをしている。

　というわけで家の財布にはいくぶんかの余裕があり、両親にはアニーズが巣立った喜びと解放感、そしてちょっとの寂しさがあったらしいのを明人は家に漂う気配と親の口ぶりで知っていた。

　加えて、両親は明人が心夏と交際していて、どうやら将来を誓い合った仲であるらしいと気づいているようだった。こどもの戯言とも大人の言い交わしとも判断しかね、ひとまず温かく見守りましょう、という姿勢でいようとしているのも明人は察していた。

これらを総合すると、両親のきもちは、末っ子・明人との親子水いらずの時間を長引かせたいほうに傾いているとみて間違いなかった。ゆえに明人は浪人するにあたり、両親にたいしてそれほど申し訳なさを感じなかったのだった。

さて。

センター試験二日目。

驚くなかれ、まんま一日目のリプレイだった。

最初から最後まで明人の脳みそは浮き上がりっぱなしだったのである。

「え」とか「マジか」とか「嘘だ」とか「なんで」とか「どうした」とかそういう短い語句がざあっとふりそそぎ、明人の胸中をぬかるみにし、そのどろどろのなかから「もうだめだ」とか「おればだめだ」とか「なにもかもだめだ」とかそういう素朴な絶望を象《かたど》った泥人形みたいなものが生まれ、からだじゅうを這いずり回り、三ヶ月後の四月には明人の全部を乗っ取っていた。

怠《だる》くてしかたなかった。考えがまとまらず、目が単なる穴に変化していく感覚があり、ひいては自分自身が木の洞《うろ》になっていくような気がした。

いつかどこかで聞いたことのある、うつけ、という言葉が繰り返し思いだされ、いやにじっくり嚙み締められた。やがて「うつけ」はその日の体調をあらわす単位となり、明人はこころのなかで「今日はまぁまぁ八十五うつけだな」などとつぶやいた。

心夏はおろか両親ともほとんど口をきかなかった。なにか当たり障りのないことを訊かれて「ああ」「うん」「いや」と応答するだけだった。

気がつけば、そうなっていた。

いつのまにか、と言い換えてもいい。

明人は食事とトイレ以外は二階の自室で寝たり起きたりしていた。自室にいるときはだれも入ってこなかった。朝、昼、晩のおそらく決まった時間に階下から「明人、ごはん」の声がかかると、腹の空き具合に関係なくダイニングテーブルについた。少し食べたり、半分食べたり、へんにたくさん食べたりした。

テーブルの向かい側にはかならずだれかが座っていた。両親か、心夏だ。三人のうち一人か二人が、機械的に食べ物を腹におさめる明人に話しかけた。もうだれも予備校の話をしなかった。メンタルクリニックの話題も出さなくなった。

ほぼ話し手の独り言で、内容は薄暗い世のなかへの不安や苛立ちや焦燥がごっちゃになった愚痴だった。悲観的、厭世的なトーンだった。心夏でさえそうだった。繰り返し言った。

「どうなってんのっていうかうちらどうなっちゃうのって感じマジで死活問題？なんだけどマジで」

心夏は専門学校を辞めていた。大手オンラインショップの配送センターでバイトに精を出していた。心夏の兄夫婦も同じところで働いていた。家業の仕出し屋はほぼ開店休業の状態だった。仏事も慶事も滅多に執り行われなくなり、折詰の注文がたまにあるくらいだった。

新型ウイルスがものすごい勢いで力をふるっていたのだった。休むことなく感染者数を増やし続け、政府に緊急事態宣言を発出させた。一月に発症一例目が確認されてからの感染拡大は、明人のメンタル不調の発端から悪化までの期間とだいたい重なっていた。

「明人、実はコロナだったんじゃないかな」

ある日の夕飯時、心夏が言いだした。

「熱でるとかニオイ分かんないだけじゃなくて、いろんな症状あるっていうし、明人の脳みそ浮き上がりがコロナだったとか全然ありえると思うんだ。ま、これはうちのかんぐりすぎかもだし、コロナっていぜん謎多すぎだし諸説ありすぎなんだけど、単純にアリなしでいうと明人のコロナ、アリかな、と……。あと、証拠っていうんじゃないけど、明人の現状ってなんか後遺症っぽくない？　コロナ後遺症相当やばいっていうし」

明人は箸を止めて心夏を見た。その日明人の正面に座っていたのは心夏だけだった。たぶんバイトの休日だったのだろう。明人の両親はふたりきりにさせてあげようと用事をつくってどこかに出かけたのかもしれない。時折、両親はそんな「粋な計らい」をしてくれた。そんなときは心夏が弁当を持参してやってきた。

「あぁ」

明人はうなずいた。視線を下げ、箸で卵焼きをそっと触った。巻き簾《まきす》のあとがついている大きめの卵焼き。栗きんとんや蒲鉾や甘く煮た椎茸。心夏の弁当のおかずは家業の折詰と同じラインナップだった。ごはんだけは海苔を駆使してパンダおにぎりにしている。この頑張りすぎない点が心夏のいいところだと明人は思った。

バイトで家計を助ける心夏は毎日残業しているらしかった。休日くらいはゆっくりしたいだろうに、明人のようすを見にきてくれる。それだけで明人はありがたかった。一からつくった弁当じゃないからって心夏の明人への献身は一ミリも減らない。減らないどころか逆に増える。心夏が白ごはんをパンダにしてくれるのは、明人を喜ばせたい、元気づけたい、笑顔にさせたい、その一心じゃないか。

「そういうことか」

明人は浅くうなずいた。コロナ蔓延は知っていた。自室に閉じこもっているので、ネット接続時間は一日とほぼ同じ長さだ。

「うん、そういうことかもしれない」

わずかに首をかしげた。六畳の部屋で繋がるネットからの情報は、明人だけにささやかれる秘密の暴露のようだった。世界の仕組みが自分に向けて特別に開示されている感じがした。明人は妄想と現実の区別のつかない者ではない。だが「そういう感じ」がすることを、背筋をぞくぞくさせながら楽しんではいた。それだけだったのに、そうしているうち、明人のどこかからある考えが滲みでるように現れでた。一筋、また一筋と、明人のこころの壁を伝い、底に溜まった。溶けた水飴みたいなテクスチャだったのが、混ざりあい、まとまりだした。でもまだ混沌としていた。どんな「考え」なのか明人自身にもはっきりしなかったが、心夏の言葉で俄然かたちになったのだった。おれのこの症状は単なるコロナの後遺症なんかじゃない、と明人は胸の内で断じた。いつかどこかでだれかに口移しで教えられた台詞のようだった。それをふと思いだしたような。背中を叩かれたようにハッと顎を上げる。唾を飲み下し、深くうなずいた。

「そうか、そういうことだったか」

明人は天啓を受けたように自分の不調の原因を看破した。

世相を反映したものだったのだ。

時代の空気といってもいい。

とにかく、そういう、捉えどころはないが現にあり、漂うように移り変わっていくもの、に、明人のメンタルが同調したのだ。

「それ」の電波が弱いうちから――つまり新型コロナウイルス発症一例目が確認さ

れて間もなく——明人のメンタルは「それ」を拾い、センター試験での異常事態に至ったのである。

カナリアシンドローム。明人の頭に、そんな名称が浮かんだ。「炭鉱のカナリア」という言葉がある。そのむかし、炭坑夫はカナリアを籠に入れ、それを掲げるようにして、坑道に入ったという。もしも有毒ガスが発生していれば、カナリアはその美しい囀《さえず》りを止める。人間よりも先に危機を察知するからだ。

明人は直感的に自分の病因とその名称までも悟ったが、同時に、これを他人に説明するのは難しい、とやはり直感的に悟った。なにしろいろいろ斬新すぎる。それに、聞かせた相手にへんな動揺をさせたり、余計な心配をさせてしまったりしては申し訳ない。特に心夏には黙っておいてあげようときもちが固まった。

考えてみれば、カナリアシンドローム（自称）はコロナの前駆症状と後遺症が合わさったようなものだ。心夏なりに明人を観察し、「コロナの後遺症かも」と判断したのはまったくの方向違いではなかったのだ。

「……たぶんだけど、おれ、当分こういう感じだと思う。うん、後遺症。いつ元通りになれるか、まだちょっとはっきり分からない」

ごめん、心配かけて、と明人は箸を置いた。

「計画もぐちゃぐちゃにしちゃって」

と弁当のおかずに前髪が触れるほど深く頭を下げた。

「明人のせいじゃないよ」

心夏がテーブルを叩いた。ドン！

「明人のせいっていうんなら、うちのせいってことにもなるよ。でもそういうんじゃないんだよ」

ドン！　ドン！　心夏の白くてちいさな拳固がテーブルを連打した。

「うちらの計画が崩れたのはだれのせいでもないんだよ。強いて言えばコロナ。コロナ禍。なんもかもコロナ禍のせいなんだよ。それでいいんだよ」

心夏が手をひらいた。テーブルに手のひらを滑らせて明人の手をもとめた。いつもは接触を避けていたふたりだった。アルコールスプレーで消毒していたとしても油断はできない。ウイルスは目に見えないのだ。

「大丈夫。明人がコロナの後遺症中なら、うちもとっくに罹《かか》ってるって」

なんかそんな気する、と心夏が微笑した。明人も笑ってうなずいた。ただし明人の考えは心夏とは違っていた。

カナリアシンドロームを発症した自分は選ばれし者である。混沌たる時代の空気をその身に現せし者はおまえにしようと、なにかとてつもなく大きな存在につまみ上げられたと思われて仕方なかった。

だとしたら、きっと、コロナには感染しないだろう。なにしろ「時代の空気」の体現者だ。実際の危機に直面するはずがない。それくらいの恩恵に浴してもいいと思うし、明人の家族や大事な人も浴すはずだと思う。

明人も手のひらを滑らせ、テーブルの中央でふたりは指を絡めた。心夏が明人の目を見てささやいた。

「こうして触れ合えること。それがなにより大切だって思えるようになったんだ」

明人は歯を見せながらも声は立てずに笑ってうなずいた。「完全同意」とつないだ手に力を込めた。

「ごめん、でも、おれまだしばらくはこうだと思う。だけどかならず復活するほんと。よみがえった暁《あかつき》には元のおれよりもっと器大きくなってると思うほんとマジで」

「ありがと。でも無理しないでいいから。うちは待てるから。復活まで何年かかろうとブレないマジで。うちはもう明人と添い遂げるって決めちゃったんだ」

心夏のつぶらな瞳がペンダントライトの灯りを反射して輝いた。夜空の星のまたたきを閉じ込めたような素晴らしい輝きだった。


その後は、いっそう淡々と日が過ぎた。昨日の繰り返しの今日をやり過ごしたら今日の繰り返しの明日が来るという具合で、日がのぼって朝になり日が沈んで夜となるのすら太陽が惰性でおこなっていると思われた。

明人に変化の兆候があったのは、カナリアシンドローム発症から二十二ヶ月目、二〇二一年の十月だった。

ある朝、目覚めの爽快さに気づいた。頭のなかも澄んでいた。からだも軽く、手足を自由に動かせる感じがした。窮屈な衣服を脱いだようだった。

明人は、あきらかに、それまで自分に纏《まと》わりついていた澱《よど》みのような倦怠感から抜けだしていたのだった。

大きく伸びをした。ベッドから降り窓を開けた。鼻から吸い込む空気のうまいこと。明人は窓から首を出し、空を見渡した。不揃いの長い前髪が風になびいた。パクッと口を動かして風を味わってみた。

間違いない。

時代の空気は、新しい、明るいほうへと進みだした。

そして、そのとき、明人は、任——「時代の空気」の体現者であること——を解かれたと知った。ご苦労であった、達者で暮らせよ、と、なにかとてつもない大きな存在に地上へと下ろされたのだと直感した。

明けて二〇二二年。明人は驚くべきスピードでカナリアシンドローム発症前の自分に戻り、同じスピードで発症中の記憶が薄れていった。

新型コロナウイルスの脅威はなくなったとは言えなかったが、「時代の空気」は変わっていた。

いつまでも停滞してはいられないという暗黙の了解じみたものが本格的に広がり

だした。世のなかは、新しい、明るいほうを目指して一歩ずつ移動を始めたようだった。

大勢で押していた巨大な石の動きだす音が聞こえてきた。巨大な石は少しずつ動き、やがて、一回転するのだろう。二回転、三回転、と回っていくうち加速して、ごろごろ、ごろごろ、順調に進んでいくのだきっと。こうなったら、もうだれにも止められない。たとえまたコロナが猛威をふるったとしてもたぶん。


「あせっちゃダメだからね」

心夏が水色のブラジャーをつけながら言った。

三月四週目の日曜。年末、二年ぶりにからだを合わせて以来、週一のペース――つまり心夏の休日に――ふたりはセックスしていた。

「治ったからってそんなすぐ普通に動けるわけないよ。無理しないでゆっくり探そう。バイトは逃げないって」

「ありがとな」

明人はくすん、と鼻を鳴らした。

心夏は、明人の二年間の体調不良をコロナの後遺症と思い込んでいた。明人はなんとなく違うような気がしたが、なにしろ記憶がおぼろなので心夏の言を否定しきれなかった。そればかりでなく、だんだんとその気になってきた。明人の両親も同じだった。

心夏は、つねにコロナの後遺症を前提として明人の現状と今後の見込みを語った。その口ぶりがあんまり純粋で、芯から明人を思い、心配しているのが手に取るように分かるものだから、明人一家は一種絆《ほだ》されるようにして心夏に感化されていったのだった。

「あーあ、おれらの計画も一から練り直しだな」

仰向けに寝ていた明人は腕を伸ばし、心夏のブラジャーのホックを片手で外した。いろんなコツを知りつくしたと言わんばかりの自分の指の動きがちょっと自慢だ。

「やだもー」

心夏が大きめの動作でブラジャーをおさえ、明人の肩を軽くぶった。明人は笑って上半身を起こし、心夏を後ろからハグした。頭のてっぺんに軽いキス。明人は心夏の頭皮のにおいが好きだ。愛しい心夏のにおいが凝縮されている。

「とりあえず明人の目標は社会復帰。今年中にはバイト先を見つけ、毎日のペースを摑むこと」

その後はそれから考えよう、と心夏はからだを反転させて明人の首に腕を回した。

「明人だけじゃないよ。とにかく各方面なにかとまだ治まりきってないし。うちだって身の振り方いまだ全然不透明なんだけど」

心夏は依然として大手オンラインショップの配送センターでバイトしていた。ただし勤務時間は減っていた。出勤日数にも波が出てきたし、週に一度の休日は日曜日とはかぎらなくなった。

家業の仕出し料理専門店に注文が戻ってきたのだ。コロナ前に比べると「まだまだ」だが、それは人々が今もなおコロナ感染をおそれているせいではない、と、心夏ファミリーは読んでいるらしい。きっと今後は各家庭の慶弔行事は縮小化されていくだろう。とりわけ葬儀だ。家族葬が主流になるに違いない。となると折詰は葬儀一件につきよくてせいぜい三十か。役所や地場企業の会議や会合、地元代議士のパーティ、選挙で使う弁当は一手に担ってきたが、このこっぴどい不景気では安い弁当屋に取って代わられるかもしれない。足元を見られて大幅な値下げを余儀なくさせられるかもしれない。

先細りの未来しか見えないが、心夏ファミリーのだれの頭にも二代続いた家業を畳む道は浮かばないようだった。

いつか風向きが変わるかもしれないのだ。なにかよいアイディア——プロが教えるお弁当づくりのコツ教室とか近隣の生産者、地場スーパーと地産地消を意識した季節のお弁当コラボとか——が実行の運びとなり、大成功をおさめるかもしれない。とにかく両親、兄夫婦、心夏の五人で力を合わせてやっていかなくては、とファミリーとしてはむしろ結束が強まっているらしかった。兄夫婦も心夏同様まだ配送センターでバイトするダブルワーカーだった。バイトを辞めるタイミングが見極め

られず、暇を出したパートさんを呼び戻す余裕もない今が辛抱のしどころだという
のが、心夏ファミリーの共通認識のようだった。
「なんていうかどんどん本物の家族になっていくようなんだマジで。明人ともそう
だよ。うちらどんどん本物の家族になってってる、うん。明人だってそう思うで
しょ。いっこ困難があってそれを乗り越えるとまたなんか新たな困難がきてって感
じのここ数年なんだけど、でもそれが人生なんだよね。あーうちマジ今人生生きて
んだなーってすごく思う。一人じゃないんだなーって。で、明人もうちの親とかお
兄ちゃんたちとかもたぶんおんなじきもちだとうちは思ってる、うん。みんな一人
じゃないんだよね。だってうちら家族なんだからマジで。それって逆にマジ最高な
んだけど」

3

パンの陳列を終え、少し経つと、明人の退勤時間になった。午前二時だ。
事務所の共用ロッカーに制服を掛け、上着を羽織って店内を通ると、アルナさん
が廃棄チェックをしていた。チャンダンさんはトイレ掃除をしているようだった。
このカップルは基本的に朝まで働く。オーナーが父の知り合いということで、客も

仕事も少ない夜八時から深夜二時という中途半端な時間帯でリハビリ的に働かせてもらっている明人とは違う。

銀河と風雅もまだいた。二人で床にしゃがみ込み、文房具を物色していた。事務所から出てきた明人を見つけ、立ち上がった。MA-1のポケットに両手を突っ込んだ明人の後ろを、やはりフリースのポッケに両手を入れてついてくる。

「おやすみー」

「おやすみー」

アルナさんに挨拶するときだけポッケから手を出した。

「はい、おやすみねー」

アルナさんもにっこり笑って手を振った。その目を明人に向け、会釈する。明人も目で笑い、軽く頭を下げた。

三人連なって店を出る。と、兄弟は振り向いて自動ドア越しにまた手を振った。今度はチャンダンさんもいて、アルナさんと二人揃って、手のひらで「きらきらぼし」の動作をした。

「なに見てたの？」

明人は兄弟に訊ねた。半歩下がって歩いている兄弟は「え？」という顔で明人を見上げた。

「さっき、店で。なんか選んでたじゃん」

「あー、あれな」

銀河が短く何度もうなずくと、「にぃに！」と風雅が声を張り上げた。「シーッだってば」と手を伸ばして兄の口を塞ごうとする。

「明人はいいんだって」

弟の手を掴んで剝がし、「仲間だからな」と銀河が明人を見た。大きな黒目に歩道灯の青白い明かりが映っている。

「ハッ」

明人は顎を上げ、短く笑った。吹きだした白い息が、夜空に吸い込まれる。「嬉しいねぇ、仲間なんだ」と目を細めた。

「おまえらの秘密を教えてくれんの？」

訊くと、兄弟は甲高い笑い声を立てた。「おれらのひみつだって」と言い合っては腹を抱えて笑う。「おれらのひみつ」は声にするたび謎めいて、いっそう秘密めくようだった。それが兄弟にはおかしくてならないらしい。明人はそう観察した。

立ち止まり、兄弟を眺めている。彼らとは明人が例の大型マンションで独り暮らしを始めてから親しくなった。

明人が暮らす部屋は、元は祖父母の住まいだった。この六月、祖父母は新型コロナウイルスに感染し、相次いで亡くなった。母とLA在住の叔母がビデオ通話で相談し、マンションは母が譲り受けることになった。売ろうか貸そうか母は父と話し合い、結局、明人と心夏の新居にしたらどうだろう、となったのだ。ふたりの結婚はまだ先だろうが、部屋を空けたままにしておくのはよくないとの理由で、明人はコンビニでのバイトに慣れた十月に実家から越してきた。

「まーそうだな」

銀河が腕組みをした。「明人なら教えてやってもいいと思うんだ」ともったいぶった口調で言う。風雅も腕組みし、「まぁな」という顔をしている。

「ならそんなタメんなよ」

さっさと言えや、と明人はちょっとだけ苛ついた。銀河と風雅の兄弟は、大型マンションの住人としては明人が自分らより後輩だと思っているらしく、ちょいちょい先輩風を吹かし、偉そうな態度をとる。こどものすることだと思っても明人はカチンときて、つい無視したり、言葉が尖ったりしてしまう。だが。

「いいじゃんか、教えろよ」

わりとすぐに自分の大人気なさに気が引けて、声音を柔らかにしたり、話題を変えたりする。

「どうすっかなぁ」

明人が下手に出たので銀河が本格的に調子に乗った。ずるそうな顔をして目玉をきょろきょろさせる。

「教えてあげればぁ？」

風雅もニヤニヤしだした。唇を尖らせて、ヒュ、ヒュ、ヒュと掠《かす》れた音を発している。二人とも冷たい夜風に煽られて髪が逆立っている。不揃いの毛先の髪だ。脂じみて束っぽい髪。滅多に風呂に入っていないのだろう。衣服も洗濯していないのだろう。近づくと足の爪の垢みたいなにおいがする。

「だれにも言わないからさぁ」

明人の声はぐんと優しくなった。兄弟への同情がふと胸に迫った。彼らはママと三人暮らしだ。彼らの話によると、ママはだいたい毎日夕方から家を空ける。昼間いないときもある。家にいてもお客さんがくるからと外に出されることもある。たまにばぁばがきて、ごはんをつくってくれる。ばぁばがいないときはママからもらったお金でなにか買う。ばぁばのごはんはうまいけど、テーブルにつけだの「いただきます」と言えだの肘をつくなだのからだを揺らすなだの野菜から食べろだの口うるさくされるのが嫌らしい。

そもそもばぁばは文句が多く、ずーっとブツブツ言いながら家の掃除や洗濯をし、兄弟を風呂に入れ、有無を言わさずゴシゴシ洗い立てるのだという。兄弟はそれも嫌のようだった。

うざいだけではないらしい。自分らが急にすごくダメな感じになるのがたまらないようである。ばぁばは文句を言いながら泣いたりもするので、自分らがなんかすごく可哀想な感じになって困るんだ、と小声で打ち明けたことがあった。でももっと困るのはばぁばがこないときで、と銀河が続けた。銀河は、好きなものを買って食べてお腹がふくれて口の周りをベトベトにさせたまま風雅と眠りにつくと、ばぁばに文句を言われたときより自分らがダメで可哀想な感じがしてきて、それはママの悪口を言ってるようで、どうしようもなく困ってしまうのだそうだ。


「あのねー。おれら、ばぁばん家《ち》にいくんだよ」

「いつ？」

「来週とかじゃね？」

「そんなすぐか？」

「来月だったかも」

なんかそのへん、と銀河が言うのに風雅が被せた。

「にぃには一月からガッコいくんだ」

「学校？」

「まぁな」

ばぁばがいけっていうからな、と銀河が鼻を啜った。ちょうどマンションの正面玄関に着いたので、表情がよく見えた。満更でもないような顔つきだった。そのなかに怖気づくような色と負けん気が同時に浮かんでいた。

「ママは？」

「あーそれな」

銀河が明人を指差すようにした。こどもの癖に首の凝りをほぐすような動きをして、それはともかくという顔をして言った。

「おれら一応ばぁばん家のこどもになるんだって」

んーでも今までとそんな変わんないんだよ、逆っていうか、今度はママが遊びにくるんだって、な、と銀河が風雅に同意を求めた。こくんとうなずいた風雅は、そんなことよりというふうに口をひらいた。

「おれは保育園だ」

言いたくてたまらないことを言うような、得意そうな顔をしていた。

「受けるー」

風雅が保育園だって！　と銀河が笑うと、風雅は恥ずかしそうに両手で顔を覆い、骨を抜かれた人のようにぐにゃぐにゃと動いた。

「だってばぁば働いてっからさー、だからおれは保育園なの」

春からな、それまでどっかにねじ込むんだって、だってばぁば働いてっからな、と風雅がだらだら話すのを制して銀河が、

「ママも引っ越すんだって」

どっかこう手頃なとこ見つけていちからがんばってみますって、なんかそんなハナシ、とみょうに静かに言った。興味ないけど、というような表情をしていて、フ

リースのポケットの奥に溜まったゴミを気にしている。

「そうか」

明人はつぶやき、兄弟から目をそらした。想像した以上に重い話だった。あ、と口がひらいた。いつだったか、児童公園で見かけた女性たちが思いがけないほどの鮮明さで脳裏を過ぎった。

飛行機のかたちをしたジャングルジムが名物の公園だ。明人の実家からマンションへの通り道にある。女性たちはベンチに腰かけて話をしていた。長い髪をきれいに巻いた若い女性に、カラスよりも黒い毛色のかっちりしたショートボブの五十代っぽい女性が肩に力を入れ、いかにもくどくどと話しかけていた。若い女性は五十代から視線を外し、つやつやとしたヌード系の唇に放り投げるような微笑を浮かべ、ぽっかりと目を見ひらいていた。

あの二人が、たぶん――。確信めいた言葉が明人の胸に浮上したとき、なぜか心夏の弾んだ声が耳のなかで再生された。

「マジで？　マジでうちらマンション持ちになれるの？」

ああっ、どうしよう！　と心夏は身をよじった。祖父母のマンションがふたりの新居となると告げたときだった。パァァァア。心夏の顔は果汁が溢れだすように血色がよくなった。そのほんの数ヶ月前、祖父母が亡くなったことを報せたときの反応とは真逆だった。あのときはみるみる目に涙が溜まり、鼻の頭が赤くなり、「ひどすぎるよ」と明人にしがみつき、泣きじゃくったのだった。

「そんなのないよ。最近のコロナ軽いみたいな話だったのに。ワクチンなんだったのって感じなんだけどマジで。どんだけうちらの大切な人を奪えば気が済むの」

マジコロナ鬼畜、としゃくりあげながら、心夏は明人の胸を叩いた。明人は心夏の背中を優しく撫でた。心夏がここまで感情的になってくれたのが愛しく、また、嬉しかった。明人が嬉しかったことはまだあった。祖父母の家族葬で、明人の親は、ごく自然に心夏の実家に仕出しを頼んでくれたし、心夏の実家でもごく自然に破格の料金で請け負ってくれた。葬儀にもファミリーで参列してくれ、親戚並みの香典をくれたらしい。祖父母の死は悲しい出来事だったが、その葬儀は、明人目線でいうと心夏との仲がオフィシャルとなったメモリアルセレモニーだった。

九月にバイトを始めたのも、キリのよさに乗じただけではなかった。地元の信組に勤める父がコンビニの雇われ店長の話を持ってきて、ひとまずどこかの店でバイトとしてしばらくやってみて、できそうかどうか明人自身が判断する約束になっていた。

この話をひどくシリアスな空気で切りだされたとき、明人は自分が自分で思っていたよりずっと腑抜けなのだと思い知らされた。父の明人を見る目には諦めの境地といった静寂さがあり、いかにも物足りない息子を労《いた》わるような慈しみに満ちていた。母は母で、「大丈夫、心夏ちゃんと一緒なら立派にやっていける」と繰り返し励まし、明人の将来は心夏の甲斐性ありきで広がっていると言わんばかりだった。

明人は心夏とつくった人生計画にこころ残りがあった。未練というか、忘れ物をしたような感覚だ。普段通りの状態で共通テストを受けてみたい。その結果をもって地元の国立大学の二次試験に臨みたい。そんな思いが消えなかった。合否は別として、受けるだけは受けてみたいのだった。最後まで。試験を。

でも、心夏にはまだ言えていない。


「さっきさ。おれ、えんぴつとか見てたんだ」

銀河が言った。照れくさそうに目をぱちぱちさせている。

「消しゴムとか定規とかも」

三角形や半円形を空中にかき、フニャッと頭を横に倒した。

「そういうの、ぜんぶ、ばぁばがにぃにに買ってくれるんだって！」

風雅が言うと、

「ランドセルもな！」

と銀河は親指を立てた。風雅も親指を立てて明人にどうだと見せつける。

「よかったじゃん」

明人は両手のひらをまず銀河に向けた。ハイタッチしようとしたのだ。

「そうか？」

銀河がふと真顔になった。

「明人、そう思うか？」

と明人の目を覗き込む。銀河の黒目のふちが微細に震えていた。鼻の穴と口がちいさくパクパク動いている。銀河の、ママにたいする罪悪感のようなものがひたひたと伝わってきた。

「思うよ」

だから明人は中途はんぱに上げていた手を握りしめた。

「よかったんだよ、おまえら」

力と、真心を込めて言った。心夏の言葉がまた耳のなかで再生される。祖父母のマンションがふたりの新居となると告げたときだ。パァァァと血色がよくなったあと、心夏はこう言った。

「もしかしたらなんだけど、コロナって時代の流れを倍速にする役目とかあるんじゃないかな。世代交代じゃないけど、なんかこうもうずっと前からなにかドロっとしたのが『つかえてる』感あるし、そういうのパイプユニッシュ的に押し流して通りよくするみたいな？」

うーん、と腕組みして心夏は考え込んだ。

「流れてるんだよ。流れてくんだよ。なにもかもだよ。あのマンションだってできたときには今みたいになるなんてだれも夢にも思わなかったはずだよ。そして今度はうちらがあのマンションに流れつく。流れ流され流れつく……。や。うちらとしてはもう充分だよねマジで」

兄弟をエレベーターに乗せ、おやすみを言い合った。明人はロビーに残り、MA-1からスマホを出した。心夏と二人三脚でコンビニを回していこうと思っている。この場合、それが「流れ」だ。たぶん時代の空気だ。わざわざ意地を張り、念入りに傷つく必要はない。家族の厚意は素直に受けるべきだ。間違っていない、と明人は思った。だってそれはすごくいいことなんだから。

非常用持ちだし袋

1

小豆沢芙実《あずさわふみ》は嬉しかった。

さっきから目尻に笑みがたまっていた。口元もほころんでいる。喉を伸ばし、空を仰いだ。午後四時を過ぎていたが、三月の空はまだ青かった。どこもかしこもきっぱりと澄んでいる。

息を吸うと胸いっぱいに明るさが広がった。真っ白なシーツを思い浮かべる。物干し竿にかけ、洗濯ばさみで留めたシーツだ。

大きな風が吹いてきて、芙実の前髪を優しく煽った。シーツも風をはらみ、太っちょのお腹のようにふくらむ。と、どこからともなく笹舟みたいな船体がやってきて、シーツの下にくっついた。シーツは帆となり、ヨーソロー、踊るように走りだす。あちらに行ったかと思えばこちら、こちらかと思えばあちら。たまにくるりと宙返りをしたりして、空の広さをこころゆくまで味わっているようだ。

芙実は声を立てずに笑った。すぐに前髪を直し、まだまだ、というふうにかぶりを振る。

昨日、中学を卒業した。卒業証書を手に、友だちと、ありがとう、この次会うまでさようならと言い合った。なのに芙実の身分はまだ中学生のままらしい。完全に中学生でなくなるのは四月からだと担任が言っていた。あと十六日だ。十六寝たら自由になれる。帆かけ舟が走るのはその日からだ。

あーでも。やっぱり顔がゆるんでしまう。芙実は腕を交差させ、肩口を擦った。ほのかな摩擦熱が粟立った皮膚を鎮めようとして、逆にうっすらとした寒気が起こる。ぞくぞくする。つい細かく膝を揺らしたが、芙実自身にもそれが武者震いなのかどうかよく分からなかった。


駅前広場にいた。市でいちばん大きな駅だ。橋上駅舎というもので、真上から見ると、駅の入口から三方向に歩道橋が延びている。

全体図としてはデサントのマークに似ていた。上の横棒が駅の入口で、三本の下向き矢印が歩道橋。歩道は幅が広いだけでなく長さもあり、ベンチや大ぶりの鉢植えが置いてある。

ところどころニスの剝げた木製のベンチは大人二人がようやく座れるサイズだっ

た。芙実の目の先で、歳を取った女の人が大きなお尻とちいさなお尻をぴったりと寄せ合っておしゃべりをしている。

芙実も弟の青龍《せいりゅう》とベンチに腰を下ろしていた。場所はデサントのマークでいうと、上の横棒と真ん中の下向き矢印が交わるあたりだ。

青龍は図書館で借りた本を読んでいた。角の擦れた古い本だ。昔風のマンガみたいな挿絵が入っている。「こどもが読む本でしょ？」と訊いたら、猫っ毛を揺すって「えー？」と生返事をした。「どんな話？」と訊くと「希望の話なんじゃない？」と上の空で答えた。ふぅん、と口のなかで言い、芙実はそれ以上話しかけるのをよした。

本を読む人の邪魔をするのは気が引ける。本を読んでいる人は、今、忙しい、という空気を発する。仕事から帰った芙実の母に似ている。母はただいまと言うが早いか洗濯機を回し、たとえばある日の夕食なら、冷凍しておいたごはんをチンし、まな板で野菜と肉か肉の代わりとなるものを猛然と刻み、フライパンを火にかけ、チャーハンをつくる。母は黙々と作業する。口をひらくのは、寝そべってテレビを観ている父に「ちょっと、そこらへん片付けといて」と言うときくらいだ。「ほいきたどっこい」と父は気軽に立ち上がり、そのへんのものを足でどかして家族の座るスペースを空ける。

作業中でなくても母の口数は少ない。しゃべるにしても、頭のよさそうなことは言わない。そこが進んで本を読みたがる人とちがう、と芙実は思う。図書委員の畑《はたけ》山《やま》さんなどは、勉強は普通だが、頭のよさそうなことを言う。これはこうです、と言えばいいのに、この場合、これはこうかもしれませんが、という言い方をする。訊いてもないのに、なぜかというと、と理由を並べたり、聞きたくないのにいろんな例をあげたりして、話が長くなる。

進んで本を読みたがる人たちは、文字を読みたがる人々でもある。どこに書かれた字でも億劫がらずに読みがちで、青龍は百円ショップで買った食器を包んだ古新聞も丁寧に皺を伸ばして読み、「へー」と言う。学校からのお知らせも一行ずつ目を通し、要点を親に伝える。

十歳のときにはアパートの前の電柱に貼ってある洪水時の浸水状況を示す看板も読んだ。さらに図書館で調べたらしく、「たいへんだ、昭和なん年、このへん一たいは水びたしになり、じん大なひ害をこうむった」と勢い込んで家族に教えた。そして非常用持ちだし袋の作製を訴えたのだが、「あ？ なに言ってんだ、おまえ」と父に鼻先であしらわれ、顔を赤くした。もじもじしているうちに普段の色白に落ち着き、「べつに？」と首をかしげた。

青龍は家族のだれともちがっている。きっと頭がいいのだ。成績だっていい。だけれどそれが表に出てこない。だいたいいつもポカンとしていた。たまに風のにおいをかぐように、スンスンと小鼻をぴくつかせたり、ちょっと首を伸ばすような動作をしたりするくらいだ。軽い斜視で、左の視線が少しだけひらく。どこを見ているのか、すぐそばにいても摑みづらい。芙実はそこもまた青龍のよさだと思っている。青龍には芙実たちの見えないものが見えている、たぶん、そうだ。

顔も可愛い。頭の幅が狭く奥行きがあって、外国の少年みたいだ。背が低いわりに手足が長く、枝のように痩せている。来月から中二なのだが十三歳になったばかりなのは、三月生まれだから。四月生まれの芙実との学年差は二年だが、歳はまるまる三つちがう。

芙実は生まれたての弟を憶えていた。芙実の最初の記憶だ。

弟は白いシーツの上でぐっすりと眠っていた。この世に生まれ、それで足りるとするようにホカホカとした赤いからだをくつろがせ、時々、笑うように口を開けた。芙実はとても嬉しかった。はればれとした喜びがこみあげた。ぐっしょりと心が濡れ、泣きたくなった。弟はどこか遠いところから運ばれてきたようだった。この子は大事。チョコレートを口のなかで溶かすようにそう思った。大事にしたい。

数日後、弟に名前がついた。横綱大鵬幸喜にあやかり幸喜《こうき》と命名された父が、横綱朝青龍明徳にあやかり、青龍と名づけた。明徳ではなく青龍にしたのは、そのほうが男らしくて強そうだから。父はこの名付けをたいそう気に入っていた。パンッ、と、まわしを叩く振りをし、朝青龍の気合い入れを真似してみせたものである。勇壮な踊りを披露するように腰を落とし、腕を振り回して言った。

「縁起もいいだろ、なんたって青い龍だ、かっこいいなんてもんじゃやねぇよ」

青龍。青い龍。芙実は今でも弟が大事だ。

青龍を買っているのは家族で芙実だけだ。両親は青龍をもてあましていた。二人に言わせれば青龍は愚図《ぐず》でのろまで陰気だった。役立たずの三拍子が揃っている上に、なまじっか勉強ができ、本好きなので、本人にそのつもりがなくても、なにかこう生意気な感じがする。親が知らないことを知っているような目つきをしたり、言いたいことはあるのだが、あなたたちにはきっと通じないだろうと取りやめるような口の動きをしたりする。

あれじゃあ世間では通用しない。上司や同僚に疎まれ、爪弾きにされるに決まっている、かわいそうに、というのが親の青龍評だった。

不憫がってはいるのだが、本気でうざったくなることがあるようだった。「なーんかうるせぇんだよなぁ、おまえって」と父はたまに心底厭だという暗い目のままニヤニヤ顔をつくり、青龍の頭をはたく。ポカンと口を開ける青龍を見て、母は厚めのまぶたの奥二重の目を細め、それから視線を泳がせて芙実を探す。少し経ってからこう確かめる。

「ねぇ、あの子、ほんとに学校でいじめられてない？」

「あー大丈夫みたい。仲のいい子たちとわちゃわちゃしてるよ」

芙実はなんでもないように答える。下校時に見かける青龍は同じ帰宅部の何人かと話しながら歩いていた。愉快そうではあるのだが、やかましさのないひとまとまりだ。身振りもそんなに大きくない。

青龍たちの会話は鳥のさえずりというのではなく、草むらの松虫が鳴くようだった。チッチロリ、チッチロリと絶え間なく言葉を交わす。ほかの一群とすれちがうと、押し黙る。一群が遠ざかったら揃いも揃って細い首を突きだすようにして、またチッチロリ。合間にふふふと笑ったり、空中に字か絵をかいたりして、チッチロリ、チッチロリ。

芙実たちのグループと行き合うときもそうだった。鳴き声がやみ、いっせいに身構える。「お、青龍」。七海《ななみ》が面白そうに声をかけ、つむぎがキャハハと指差し、璃《り》子《こ》が「寄り道すんなよ」と注意する。芙実がしょうがない奴らでしょ？　というふうに軽くうなずくと、青龍もまったくもうという顔でうなずき返し、そうして松虫たちは一目散の早足で行き過ぎようとする。タッタッタッと遠ざかるぶかぶかのブレザーの後ろすがたを眺め、つむぎが言う。

「あーゆー子たちってなにが楽しいんだろうね」

「ふん、あの子らからしたら、うちらもそう思われてるよ」

七海が応じ、「なーにが楽しいんだかって？」と璃子が補足し、つむぎが「分かる、分かる」と拍手笑いをする。つむぎは釣られて笑った芙実に「芙実んちのメガネくんはかわいいよねー」と力強く言う。

つむぎは青龍を「メガネくん」と呼んでいた。青龍は眼鏡をかけていないのだが、なんかそんな感じ、と言ってそう呼ぶのをやめない。つむぎは自分の兄も「メガネくん」と呼んでいる。つむぎの兄は眼鏡をかけていて、県でも有数の進学校に通っていた。

「うちのメガネくんなんかいいトコいっこもないよ、頭いいマウントうざいし無視したら変に絡んでくるしで結局しんどいし、モミアゲ長すぎだし、剛毛すぎだし、私服怖いくらいダサいし、こないだなんか……」とつむぎは前髪を指でいじりながらしゃべる、しゃべる。

つむぎは色白で、顔立ちがお雛さまに似ている。黒くてサラサラのボブといい、見た目は清楚でおとなしそうだ。その実、芙実たちのグループではいちばん騒がしい。

七海も璃子も似たようなものだった。賑やかになるのは仲間内でいるときだけで、授業中はおとなしくしている。朝の会や帰りの会ではどんな議題でも関係なさそうに下を向く。日直にあたるか、どうしてもなにか報告をしなければならないときは、必要最低限の言葉数で凌いでいた。

芙実も同じだ。ただし芙実は仲間内でも聞き役に回ることが多く、訊かれたら答えるスタイルなので、グループ内外の振る舞いにはほとんど差がなかった。

芙実たちのグループは、クラスでの目立たなさでいえば、青龍の松虫グループとおそらくそんなに変わらない。でも、仲間内ではクールでちょっと皮肉屋の七海、サバサバした男の子っぽい璃子、はしゃぎたがりで明るいつむぎ、聞き上手でしっかり者の芙実と認め合い、仲良くやっていた。四人とも勉強が苦手で、成績もそんなによくなかったので、その点でも気が合った。

芙実はまた空を仰いだ。帆船はもう見えなかったが、航跡を追うように頭をめぐらせた。口元をほころばせたまま、夢中で活字を追う青龍の目をなんとなく確認する。

青龍は位置の異なるふたつの黒目を上下に動かしている。本に書いてある事柄以上を吸収しているように見えた。青龍の目はうるうると濡れていて、たっぷり水を含んだスポンジのようだ。

からだをそうっと献血ルームに向けた。献血ルームは芙実の斜め後ろのほうにある。両親が献血を終えたら、カラオケ屋で芙実の卒業お祝い会をする予定だ。

2

献血は、もともと父の趣味だった。父は元気がありあまり、からだの動きが速くなりすぎたと感じると献血に行った。勢いよく肩を回したり、オーバーに駆けっこの腕振りをしたりして「おっ、速くなってきた、速くなってきた」とおどけてから、献血ルームまで自転車を漕いだ。

父の献血通いのピークは、赤十字から百回達成の賞状をもらった頃だった。父を嬉しがらせたのは、賞状よりも記念品だった。金のガラス杯。炭酸の泡みたいな金粉が底にいくほど濃く模様付けされている。芙実の家でいちばん豪華な「お父さんのコップ」だ。父はそれで焼酎の水割りを飲み、目の周りを赤くして「いやー、モトが取れた」とかならず言った。

その後だんだんと献血から遠ざかった。

モトが取れて一段落したのもあるのだろうが、ありあまるほどあった父の元気が擦り減ったのが大きな原因だった。

父は冷凍食品会社の倉庫で荷物の上げ下ろしをやっていた。以前から腰痛と全身の怠《だる》さを口癖のように訴えていた。それがいよいよ酷くなったらしく、人並みに働けないと嘆きだし、会社を辞めたいと言いだした。

「こんな社員を雇っていたら会社だってモトが取れねぇ、そうだろ？　おれだって半人前の働きしかできねぇのに会社から今まで通りの給料をもらうわけにはいかねぇし、周りの目もあるしよ」

というのが父の理屈だった。二〇二〇年の春のことで、新型コロナウイルスの流行を受けて出された緊急事態宣言の最中だったというのも強く影響していたらしく、

「しかも会社は今コロナで逆に羽振りがよくなってんだよ、巣ごもり需要ってやつでよぅ。そんなイケイケん時におれみたいな辛気臭いのがウロチョロしてたら現場の士気が下がんだって。コロナで仕事あぶれるのが今後いっぱい出てくるから、会社としては使えるヤツ採り放題になるんだって。おれみたいなモンどう考えても邪魔なんだって、要らないんだって」

と夜ごはんを食べながら演説するように言った。母とこどもたちは特に反応せず、黙って箸を動かしていた。

「……お父さんの言うこともわかるけど」

でもさ、と母が父を説得するのは夜中になってからだった。

布団を四組並べて敷いた六畳間が一家の寝室で、こどもたちが寝入った頃を見はからい、母は低い声で父に話しかけた。

「本調子に戻るまでチョットお休みもらえばいいんじゃないの？」、「三十年近く

も働いてるんだし、そのくらいのワガママ言ってもバチ当たらないって」、「からだ悪くしたのだって結局仕事のせいなんだよ、会社に病院代とか出してもらえるとかないの？」

母の低い声は暗い天井にのぼり、しとしと降る雨みたいに家族の布団を湿らせた。窓側から順に父、母、芙実、青龍。青龍の布団は六畳間からはみだしていた。隣の部屋もやはり六畳間で、そこには芙実と青龍の机が二台、背中合わせに置いてある。姉弟《きょうだい》の勉強部屋なのだが、押し入れに入りきらない雑多なものや洗い上がった洗濯物や着替えや鞄なんかが折り重なって部屋の隅から中央へと侵出している。

うんともすんとも言わない父に向けていたからだを仰向けにすると母はため息を吐きだし、六畳間の湿度をさらに上げた。

「こどもたちだって、これからお金がかかるんだし」

芙実はこむら返りになりそうなくらい力を込めてつま先を丸めた。寝た振りをする。聞き耳を立てていると気づかれたくない。母が話しているのは内緒話だ。こどもが聞いてはいけないものだ。

母の内緒話は父が寝入るまで途切れながら続いた。「こどもたちだって」のくだりがくると、それが合図のように父はいびきを掻きだした。

夜中にひとつも返事をしなかった父は、翌日の夜ごはんの時間になったら、やっぱりおれは会社を辞めると言った。「使えない社員くらい会社のお荷物はないんだ、おれは自分が持ち場で役立たずなのが我慢できねぇんだよ」と箸でごはんをほじくり、その穴を大きくした。それから「なーになんとかなるって」と声の調子を変え、「少ーしユックリしたらまたバリバリ働くって、どんなことしてもお前らを食わせてやっから、な」と母を見た。

母は微かに口元をゆるめ、困ったねぇ、という顔で芙実と青龍にチラと視線を投げてからテレビに戻って画面を指差し、「この人、なんていう人？」とだれにともなく訊いた。「春日《かすが》」と父とこどもたちがほぼ同時に答える。父は「お父さんのコップ」に持ち手付きのペットボトルに入った焼酎を注いでいた。芙実は飯碗に付いたごはん粒を箸でこそげて食べていた。ごはんを食べ終えた青龍は、壁に背をつけ体育座りをして図書館で借りた本を読んでいた。三人ともいったんテレビに目をやり、人気芸人の名前を口にしたのだった。

「あー、春日ね」

母はつぶやき、夜になると、また低い声で父に話しかけた。

芙実は中学校に上がったばかりだった。

緊急事態宣言中だったので、入学式はなんとかおこなわれたものの、翌日から休校になった。外出も控えるよう言われていたので、小五の青龍とふたり、ほとんどずうっと家にいる毎日だった。

テレビでは朝から晩までコロナのニュースをやっていた。えらそうな人や賢そうな人や口のうまそうな人が次々と画面に現れ、たくさんしゃべったが、コロナがいつ収まるのかは、ほんとうのところ分かっていないようすだった。この「だれも分かってないようす」が芙実のきもちを沈ませた。得体のしれない薄暗闇のなかにいるこの感じがいつまで続くか知れないからだ。

青龍はちがうようだった。思う存分本が読める喜びに浸っているらしく、芙実が「コロナいつ終わるのかなぁ」と話しかけても、「人類のえい知に期待」と返すだけだった。それでも芙実は青龍の言葉で、コロナ問題は自分が考えても仕方ないように思え、少し気が楽になった。人類のだれかがきっとなんとかしてくれるのだ。それまでうちらは待つしかない。代わりというわけではないけれど、父の退職問題をよく考えるようになった。

芙実の目にも父が弱っているのが分かった。治りかけの青タンみたいな顔色をしていたし、腰痛ベルトを締めたあたりは母よりも細かった。ひとつひとつの動作がぎこちなく、ようやっと動いているというようだった。あれでは父の言う通り満足に働けないだろう。

それが、芙実にはかわいそうだった。具合の悪い父へのいたわしさが増し、できればゆっくりさせてあげたかった。父はきっと長く働きすぎたのだ。

父が冷凍食品会社の倉庫で働きだしたのは、十六の頃だと聞いている。中学時代にそこそこの不良だった父は、担任の熱心な勧めで定時制高校に籍を置いてみたものの夏前には正式に退学しブラブラしていたが、仲間の一人が大工の見習いとして工務店で真面目に働きだしたのに刺激を受け、冷凍食品の倉庫でアルバイトを始めた。

そこでの働きが認められ、社員に昇格、友人の大工見習いと相談し、迷惑をかけた中学時代の担任に報告しに行ったら、担任に喜ばれたようだ。在校生におまえたちの経験談を聞かせてやってくれと頼まれもしたらしい。

父と大工見習いは来客用スリッパを履き、教壇に上がった。金を稼ぐのは楽ではないが、そのぶんやりがいがある、人間的成長ができる、どうしようもなかったおれらだったが、まだまだ半人前ではあるもののウエには期待されていて、覚えることがたくさんあり、毎日が充実していると、だいたい同じ内容を交代で前に進みでて語った。

「なんか知んないけど、みんな目ぇキラキラさせておれらの話聞いてんの。うんうん、ってうなずいて。もっと聞きたい！　みたいな顔で。いやぁ、おれらなんか当たり前のことしか言ってないのによぅ」

父はこの思い出話をするとき、いつも満足そうに首をかしげた。

同じ会社で働き続けた父は、若い派遣やバイトの働きぶりが気に入らないようだった。若き日の自分のがむしゃらさを引き合いに出し、「ちんたらちんたらしやがって、あれじゃあ社員になれないって」と斬り捨て、返す刀で同僚社員の怠慢を斬った。ことにからだの不調を理由にだましだまし働くような先輩社員に厳しかった。「コッチの足引っ張るくらいなら辞めろっつーの。見てるだけで腹立つわ。よく恥ずかしげもなくおれらとおんなじ給料もらえるよな。会社だってモト取れないしよ」と夜ごはんのとき、家族に向かって言い募ったものである。

そんな父が思うように働けなくなったら、どんなにつらいか。情けないか。芙実はよく知っている気がした。父は取り柄をなくしたのだ。プライドを支えていた頼みの綱がほどけていって、細い紐になっている。芙実は父が心配だった。気が気ではなかった。紐がちぎれてしまう前に手を打たなきゃ。早く父を助けてあげなくっちゃ。でないと父は父でなくなる。

すでに父は父でなくなりかけていた。夜中の母の内緒話に相槌すら打たない。聞こえない振りをしている。

母が夜中に父に話しかけることは前からあった。芙実が気づいたかぎり、父は母の話のところどころでツッコミめいた茶々を入れた。それでも母は話をしまうことなく、向かいの一軒家のキジトラが青龍の自転車のタイヤで爪とぎをするとか、どんな子でも成績が上がる塾のチラシがスーパーに置いてあったんだけど、あそこに芙実を行かせなくていいだろうかとダラダラ話を続けるのだが、最後はいつも父にこう打ち切られた。

「あー分かった、分かった、分かりましたでござる、ハイ、おやすみ」

「ちょっと、もう」

母は少し笑い、「ほんとにもう」とつぶやき、「まいっかぁ」と布団を引き上げたものだった。

芙実は母のことも考えた。思うに、父だけでなく、母もまた変わりかけていた。以前の母はあれほど父に同じ話を繰り返さなかったし、蒸し返さなかった。ものが分かったようなことも言わなかった。そんな母がオウムみたいにしつこくリピートする。

母は郵便局で契約社員として働いている。その前はホームセンターや百円ショップでパートをしていた。郵便局には働きだして二、三年だったが、順調に昇給しているようだった。年に二回、ボーナスも出る。それでも父が働かないと生活が成り立たないようだ。夜中の内緒話のときに、そんなことを言っていた。家賃がいくら、光熱費がいくら、食費がいくら。ほら、もう、アシが出る。

このときも芙実はつま先を丸めた。「こどもたちだって、これからお金がかかるんだし」を聞いたときより胸がどきついた。

暮らしていけなくなったらどうしよう。そんな怖れや不安が真に迫った。十トントラックよりも重たい真っ暗闇がのしかかってくるようだった。その一方で、遠い遠いよその国のたいそう気の毒な人々に思いをはせるような気配があり、舌がピリついた。ただただ心臓が強く打ち、その音がうるさかった。

芙実を安心させたのは、父の言葉だった。父は夜ごはんのとき何度も言った。

「なーになんとかなるって」

芙実は家の経済の実情を知らなかった。それまでは特に不自由を感じていなかった。お金持ちではないかもしれないけれど、貧乏というほどではないと思っていた。家族旅行をしたことはなかったが、ディズニーランドには行ったことがある。パソコンこそなかったが、友だちの家にあるものはおおよそ揃っている。給食費も修学旅行の積立金も遅れずに払っていて、先生からお手紙をもらったこともない。

それはたぶん芙実の見えないところで親がなんとかしているからで、だから、これからもきっとなんとかなるのだろうという思いが父の言葉でよみがえり、芙実の胸を明るく照らすのだった。

父の言葉には力があった。厚い雲をどかどかと蹴散らして、隙間に覗いた青空をぐいっと広げさせる。そんな感じを芙実に与えた。

芙実の欲しかったのは、そういう「感じ」だった。

母はたしかに現状に即した方策を立てようとしていた。親の責任を果たせそうかどうかを父と話し合おうとした。その「感じ」も芙実は受け取っていた。泥水みたいなのがお腹に溜まり、ふとしたときにたぷたぷと揺れる「感じ」として。

母もまたかわいそうだと芙実は思う。間違ったことは言っていないようなのに、いや、だからこそかもしれないが、聞く側からしたら鬱陶しさが先にくる。思慮深そうなのが鼻につき、耳を塞ぎたくなる。一生懸命な母には悪いと思うのだが、どうにもこうにもやりきれなくなるのは絶対にほんとうで、だからこそ母のかわいそうさが浮き彫りになってしまう。

母も少しは父みたいになればいいのに、と芙実は思う。

「なーになんとかなるって」と父みたいにちょっとふざけて唱えるだけでいいのだ。それだけで息苦しさから逃れられる。そうだ、きっとなんとかなるさ、と、見通しが立ったような心地がする。眉と眉の間に涼しい風が吹いてくるみたいで、爽快だ。ほんの短い時間だけど。

なんとかなるためには、今まで通りではきっと駄目だ。芙実の見えないところで親がなんとかするだけでは追いつかなくて、芙実も一緒になってがんばらないといけないだろう。

青龍は勘定に入れなかった。青龍にはもうすでに我慢させているような気がする。どこか遠いところから芙実たちの家に運ばれてきた青龍は、ここにいるだけで、窮屈な思いをしているにちがいない。

3

青龍が本を読み終えた。リュックにしまい、次の本を出す。次の本も図書館で借りたものだった。さっき読んだのとほとんど同じデザインだったが、題名と表紙の色がちがっていた。青龍はよくそういう本の読み方をする。似たような表紙の本を連続して借りてくる。

「気に入った？」と訊いたら、「だ、ん、ぜ、ん」と即答した。もっと話したそうに口をひらく。芙実は言葉を待ったのだが、青龍は人魂を追いかけるような目の動きをし、両唇を合わせた。読後の素晴らしい余韻を閉じ込めたようだった。

芙実は少しがっかりした。青龍は読んだ本の感想を芙実にも話さない。それが芙実にはつまらない。「ちぇっ」と口を尖らせる程度ではあるものの、いつもちょっとだけ釈然としなかった。

そりゃ青龍の話す内容をすっかり理解する自信はないし、気の利いた返事はできないかもしれないけれど、うちにだけは話してみてくれたっていいのに、と思う。点、点、点、の間を置き、ハッと短く息を吐いた。ちっとも気を悪くしていないように声をかける。

「ふぅん、よかったね」

だが、返事はなかった。青龍は背中をこごめて早くも次の本を読みふけっていた。唇に力を入れたりゆるめたりしている。時々鼻の頭を掻く。

芙実は抱えていたリュックに顎をつけた。ぱくぱくと口を開け閉めし、耳の下の骨が動くのとナイロンの感触を暇つぶしに楽しむ。やがて飽きて伸びをした。そっと窺うと青龍のようすはさっきと変わっていなかった。芙実は眩しそうに目を細めた。

たぶん青龍は今日読んだ本の好きな箇所をノートに書き写す。学校から帰ったあとと、夜寝る前。チョチョイのちょいで宿題を片付け、本をひらき、その横にノートをひらく。

宿題を終えたあとでも机に向かう青龍を見ると、芙実は親がよく口にする「残業」を思いだす。「残業」は疲れるけど稼げる、稼げるけど疲れるものだ。青龍の「残業」はあんなに根を詰めているのに稼ぎがない。疲れるだけだ。にもかかわらず青龍は進んで「残業」をする。

ノートに字を書く音、シャープペンシルをノックする音、ノートや本をめくる音、ウーと唸ったり、ハーとため息を漏らす青龍の小声を聞くのが、芙実はとても好きだ。芙実の耳が青龍の立てる音を拾うたび、頭のなかが澄んでくる。頭のなかを取り囲む地平線みたいなロープがゆるみ、頭のなかの領土が拡大する感じがする。

青龍は、なんの役にも立たないことを熱心にやっている。やりたいからやっているだけで、ほかに意味はない。でもとびきり楽しそうで、満ち足りているふうで、そんなときの青龍は、まったくちいさなこどもみたいだった。

芙実はそんな青龍がほほえましく、少し羨ましい。芙実だってちいさなこどもだった頃は、たぶん、そうだった。頭のなかの領土は今よりずっと広かったはずだ。

青龍の「残業」は、時として長引く。図書館への返却日が迫っていたり、どこもかしこも好きすぎて二、三ページも本を丸ごと引き写したくてたまらなくなったりするかららしい。そんなときは「いいかげん寝ろっつーの」と父にからかうように注意された。「おとなしく勉強してると思ったらよぅ」と頭をこづかれ、青龍は、一家の寝室である六畳間から少しはみでた自分の布団を勉強部屋に引き入れる。戸袋のへんに押し込んでいた丸まった広報誌をどかし、スーとふすまを閉めた。

白いふすまは引き手のあたりに横に細長く藍色が入っている。白には茶色いしみが不気味な模様を付けていて、藍色は褪せていた。ふすまの張り替え費用は芙実たち一家の負担だそうだ。大家は費用を半分持つと言ってくれるが、断っていた。少し前に故障したエアコンを新しいのに替えてもらった。赤の他人にそんなに世話になるわけにはいかない。それにふすまは薄汚れているだけだ。ふすまの役目は果たしている。

「あの大家はいい人だ」

「ほんと、よくしてくれる」

両親は思いだしたように大家を褒める。大家が自分たちに親切なのは、十年も毎月遅れず家賃を納めているからだ、としみじみうなずき合う。

六畳のダイニングキッチン。四畳半の和室が一部屋と、六畳の和室が二部屋。四軒入っている二階建てのアパートの二階で、バス停まで自転車で十分弱。市でいちばん大きな駅までだって自転車を飛ばせば一時間くらいで着く。これで家賃四万五千円は市内の相場と比べてもかなり安い。入居時から据え置かれたままだった。

芙実は時々、保育園に通っていた頃に住んでいた家を思いだす。

正確にいうと、芙実が思いだすのは、その家の前で青龍と撮った写真だった。おもちゃみたいにちいさい平屋の一戸建ての玄関先で、芙実と青龍は手をつなぎ、眩しさのあまりふたりとも目をつぶってしまっている。実際の記憶はなかった。でも母から聞いて駅からの道順は知っている。隣市のちいさな駅を降り、お蕎麦屋さんをまず右に曲がる。線路沿いに直進し、薄茶色のマンションを左折、細道を歩くと丁字路に出る。突き当たりはクリーニング屋さんで、その並び。

父の通勤に不便なのが難点だったようだ。父の親――芙実の祖父母――の紹介で今のアパートに引っ越した。芙実は自分が一軒家に住んでいたことがあるというのが少しだけ自慢だ。隣市のちいさな駅周辺は、どこといって特徴のない町並みらしく、それもまた芙実はほんのり自慢に思っている。ありきたりな町の、ミニサイズではあるけれどありきたりな一軒家に住んでいたというのが、うまく言えないけれど、とても幸福なことに思える。

4

芙実が中学一年の秋、父が会社を辞めた。

無職となった父は、最初のうち、あちこちの病院に行った。どこの病院でもリウマチや膠原病を疑われ、くわしい検査をしたようだが、確固たる病名はつかなかった。自律神経失調症のようなものとの診立てを受ける場合が多く、薬も出してもらったのだが、検査代をがっぽりふんだくっておいて気休め程度の薬しかくれないと父は病院に見切りをつけ、毎日よく寝て、ゆっくりお風呂につかる方針を立てた。たまに鍼灸院に行って、針を打ったり、電気をかけたり、腰を伸ばしたりした。

家計は、母の収入と父の退職金と失業給付金で保たせていた。どれもそんなに多くなかったらしい。ことに退職金が期待外れだったようで、父が言うには「めっちゃせつない額」だったそうだ。「泣かせるねぇ、からだ壊すまで働かされてこんなんじゃモトが取れねぇよ」と明細を母に渡し、布団を被った。

母は、まぁざっとこんなもんさ、という顔つきで、冷蔵庫の横の三段引きだしのいちばん下に明細表を突っ込んだ。三段引きだしはよくあるカラーボックスと同じ材質だ。積み木のような緑色をしていて、取っ手が白。一段目はお財布や預金通帳や給食費の集金袋なんか、二段目は年金手帳などのお役所関係の大事なものと、芙実と青龍のへその緒と母子手帳なんかが入っていて、いちばん下には両親の給与明細や古い学級便りなんかがぎゅうぎゅうに押し込まれている。何枚かは溢れて、三段引きだしの裏に落ちたり、挟まったりして、開け閉めに苦労する。

母は同僚やご近所の奥さんから仕入れた情報をもとに社会保障制度というものを上手に活用しようとした。すぐに失業給付金をもらえるよう退職理由を病気にしない、というのはうまくいったが、そのほかのことは、時間を都合して市役所に行き、職員さんに相談して手続きする、という一連の流れが考えるだけで面倒で一日延ばしにするうちに「ま、いっか」となった。

といっても家の年収は、期待外れだったとはいえ父の退職金のおかげで前年と大差なかった。問題は支出だった。父の年金、任意継続した健康保険料、住民税。どれもそれまでは給与天引きだった。それら全部を現金で支払うと「持ちだしている」実感が強くなるらしく、母は父に「ちょっと、ちょっと、まーたこんなにとられたんだけど」と言い、父は母に「マジかぁ。なんでまた、ないトコからとるんだろうなぁ、あるトコからガッツリとればいいのによぅ」と返していた。

五、六ヶ月間だったかもらえた父の失業給付金は半分方父のために使われた。病院代。鍼灸院での治療費。温熱効果のある入浴剤や水道代、ガス代もばかにならなかったが、養生には欠かせないと父が主張した。

年が明けてもコロナ禍という厚い雲は依然として日本中（いや、世界中）を覆っていた。変異株が猛威をふるい、緊急事態宣言も出されたが、無観客とはいえオリンピックも開催されたし、ワクチン接種も始まった。そして不景気と自粛モードに嫌気のさしてきた人が増えてきた。父もその一人で、「しっかし陰気な世のなかだなぁオイ。やっぱパアッと経済回さないとな！」と口癖のように言っていた。

父はハローワークに出向くたびにスーパー銭湯に寄った。でかい風呂は温まり方がちがうのだそうだ。ジャグジーに入り若い頃流行った曲を口ずさみ、天ざるを食べ、レモンサワーをキューーッとやると、信じられないくらいリラックスできるらしい。

家にいる一人の昼もたびたび市でいちばん大きな駅までソロソロと自転車を漕ぎ、ファミレスやハンバーガー屋やドーナツ屋で飲み食いしていたが、携帯でＲＰＧアプリをダウンロードしてからは母の用意した焼きオニギリを食べるようになった。鍼灸院にもスーパー銭湯にも行かなくなり、代わりに光回線を引き、腰を据えてゲームをした。使える時間の多さを武器に情報を集め、レベルを上げ、団体戦では所属するギルドに大いに貢献できるまでになったようだ。たぶん、課金もしている。ギルドのチャットに「知れてますすよ、しょせん微課金兵すから」と打ち込んだのを芙実は見たことがあった。

母は父にうるさいことを言わなかった。かといって十六の歳から四十五まで働き続けた父にようやく訪れた休息の日々をあたたかく見守るというふうでもなかった。あくまでも養生中の人として見るつもりのようだった。

芙実は母のきもちがよく分かった。父にたいしては、芙実もほとんど同じきもちだった。

たまに父は少し図に乗っているのでは、と思った。父の休息日の過ごしぶりは、芙実のそれより断然ぐうたらである。とはいえ、父は順調に回復していた。顔色もよくなったし、しょぼくれた表情も見せない。機嫌もまずまずよさそうで、養生の甲斐があったと思われた。腰はまだ悪かった。お尻を突きだすようにしてえっちらおっちら歩き、ひとつひとつの動作も腰をかばいつつなので、だいぶのろい。

しょっちゅうアイタタタと声を張り上げ、どうでしょうか、という目つきで家族を窺う。ずるそうな、それでいて哀れっぽい目つきで、芙実はつい、もうしばらくの養生が必要だと思うほうにきもちを寄せてしまう。養生とぐうたらはよく似ていて、見分けがつきづらい。

母が父をじっと見るときがあった。夜ごはんを終え、持ち手の付いた焼酎のペットボトルと、水道水を入れたペットボトルと、「お父さんのコップ」を枕元に配置して、スマホ片手に布団に潜り込み、ギルドの面々とダンジョンに繰りだす父を、冷え冷えとしたまなざしで見つめた。芙実もそんな目で父を見たことがあった。青龍のまなざしは変わらなかった。青龍は父をいつからだったかは忘れたが、ずっと前からそこにあるものを見るように、ただ見ていた。

ある日、母は、芙実と青龍にこう言った。

「分かってるとは思うんだけど、うちは今までとちがうんだからね」

こどもたちに無駄遣い厳禁を改めて言い渡した。お小遣いをねだるのは学校でどうしても必要なものがあるときだけと限定した。誕生日とクリスマスのプレゼントもうやむやになった。

そのとき、母は家の経済状態と、今後の見込みと、自分の考えを初めて芙実たちに明らかにした。芙実はテレビの音を絞り、青龍は読んでいた本を閉じ、夜ごはんをすました四畳半で母の話を聞いた。

各部屋を仕切るふすまは常時開け放たれていた。母の話が始まると、父は四畳半と六畳を仕切るふすまを閉じた。

「オッ。ヤッ。エッ。そうきますか。クソッ」

寝室でゲームを続ける音が聞こえた。芙実は少し思案して、テレビの音量を元に戻した。

母は、自身の収入だけで一家を賄えるかどうか試そうとしていた。父がいつ働きだすか読めないからだ。最悪、もう一生、家にいて寝たり起きたりお風呂に入ったりゲームをしたりするかもしれない。働いたとしても、以前と同じ稼ぎは見込めないだろう。一応は高校中退だが学歴となると中卒だし、歳もいっている上に職業経験は冷凍食品会社の倉庫での作業だけ。だがその経験は、また体を壊してはいけないので活かせない。

自動二輪の免許を持っているので、母が口をきけば郵便局の契約社員として配達の仕事にありつけるかもしれないが、母の世話で勤め口が決まるのを父は男の恥と思うはずだ。母を介さなくても郵便局の契約社員やバイトの募集は頻繁にあるのだが、たとえ勤務場所が母の勤める郵便局とはちがっても、母と同じ郵便局というだけで、父はきっと嫌うはずである。

「お父さんはそういう人、分かるでしょ」

母が弱々しく言った。芙実は本心から同意した。青龍は「あぁ、そうなの」とまばたきをして、読みかけの本に戻っていった。

母は父の二歳下だ。二十九歳から三十歳になる年に父と結婚した。

母は美術鋳物をつくる会社で事務をやっていた。高校を卒業してからずっと伝票を切ったり、帳簿をつけたり、「ハイ、伝統技術とアートの融合、○○鋳物美術製作会社です」と電話を受けたり、職人さんに注文を聞いてお昼の弁当を手配したり、お茶やお菓子を出したりしていた。

父とは友だちと行った居酒屋のマスターに紹介されて知り合った。やめてやめてと止める母を振り切って、友だちが「ねえ、この子にだれかいい人いない？」とマスターに大声で持ちかけた。居酒屋は、友だちの婚約者の行きつけで、友だちも常連客の扱いを受けていた。「アズッチなんかどうよ、バツイチだけど」とマスターが母たちと同じカウンターの端にいる男性を顎で指し示した、というのは母の談をまとめたもの。次に父の談をまとめる。

友だち越しにこちらを覗き見る母の印象は一言でいうと「マジメちゃん」だった。堅くて、おとなしくて、ノリが悪そうだ。そういうタイプは父の周りにいなかった。二十歳のときに一年半結婚していた前妻をふくめ、父が関わりを持ったのはみんな髪の毛が赤茶色か金色で、メイクを張り切り、睫毛を太く長く、目を大きくしていた。普段はズケズケとものを言うが、男を立てる勘所はちゃあんと心得ていて、ツーと言えばカー、息が合った。

重そうな黒い直毛を肩まで垂らした母は、ほぼスッピンに見えた。しっかりとした太い眉、奥二重の目。少し厚めの唇だけつやつやとピンク色にしていて、デビューしたての垢抜けないアイドルみたいだった。

付き合うかどうかは保留にしたまま、デートをした。堅くて、おとなしいはずのマジメちゃんは初回からノリも空気もぶっ飛ばして積極的に攻めてきた。まさに特攻。父は面食らいつつも母の一途な突進ぶりに胸を打たれ、可愛く思うようになった。

芙実は、その頃の父の写真を母に見せてもらったことがある。

上半身裸の父は腕を高く組んでいた。顎を上げて不敵な笑みを浮かべ、見下ろすような目つきをしていた。荷物の上げ下ろしで鍛えた肩と二の腕には適度な筋肉が付いていて、ボクサーとまではいかないけれど腹部も引き締まっていた。そこに端整な顔立ちを前面に配した小ぶりの頭部が乗っているのだから、完璧だ。いつまでも見ていたくなる。

この見下ろすようなまなざしで、いつまでもうちだけを見ていてほしいと、そのようなことを、芙実は、少し、思った。と同時に、この写真の人物に、いつまでもこういう威張った目つきで女こどもを見下げさせてあげたいとも思った。どちらも思ってすぐに耳たぶが熱くなった。うちはたんにお父さん思いなだけなんだ、と思おうとした。

若いときの母も芙実と同じきもちだったようだ。父の言う「惚れた弱み」というやつで、父は、今日は白めしじゃなくナポリタンの気分とか、焼きそばにはコーラだろうが、といった、なにかちいさな要求が通ると、「ったく、おまえってヤツは、なんでもかんでも旦那さまの言いなりだなぁ。惚れた弱みだねぇ」と母をイジった。母は肩をすくめてククク と笑い、手首をしならせ、父をぶつ真似をした。

父は母に男の立て方を一から教え込んだらしい。芙実の記憶では母は父がなにか言っても、めったに訊き返さなかった。すぐに質問することも控えていた。それをすると父は口答えと取る。アラを探され、指摘された気分になるらしい。文句をつけられ、責められた気もするようだ。

父は決して横暴な王様ではない。陽気で剽軽《ひょうきん》で涙もろい。ただ自分の思う通りに尊重してほしいだけだ。かっこいいおれ、でいさせてくれ、とそういうことだ。母は父の思う通りにしていたし、芙実も青龍も母にならっていた。

ようすが変わったのは父が退職を決心したあたりからだった。

父も変わったが、母も変わった。父が退職したら、もっと変わった。一家のあるじとして、家族を率いていくような言動を取り始めた。

父はたびたび芙実にこう耳打ちした。

「あのヒトだいぶ大袈裟だな？」

「それ、お母さんのこと？」

父はへへへと照れくさそうに片目をつぶった。

芙実は中学二年生だった。

マスクをするのがすっかり日常になっていた。もう品切れしてはいなかったが、毎日交換するのはもったいないので、手洗いして使っていた。布マスクのほうが手洗いに強いだろうが、ウイルスを食い止めるのは断然不織布という常識が浸透していた。いくら不織布でも何度も洗えば防御率は落ちるに決まってる。それでも不織布のマスクをしているのが大事なのだと芙実は思った。

依然として学校行事は中止か延期だったたし、給食は黙食だった。でも友だちはできた。七海、璃子、つむぎ、芙実の仲良し四人組は、とても話があった。ことに、「大人たちってみーんなコロナにアタフタしてて、うちらまったく勉強してないの気づいてないよね、ヤバくない？」と言い合うのが大好きで、定期的にだれかが口にした。そのたび、「ヤバい、ヤバい」と笑い合った。

5

芙実が中学三年になった年、父はやっと働きだした。熟した柿が枝からポトリと落ちるように、「んじゃ、行ってくるわ」と人材派遣会社に登録してきたのだった。そこで日々紹介システムにより日雇い仕事に従事した。ひとつの会社に勤めなかったのは、まだ本調子ではないからだった。慣らし運転と称し、日雇い仕事も最初は週に一日か二日行くきりだった。

母は聞きかじりの情報にしたがい、父の任意継続していた健康保険を止めさせ、自分の扶養に入れていた。退職し国民年金第一号被保険者になっていた父に第三号となる手続きをさせた。

母は父にせめて家賃ぶんは稼いでほしいと頼んだ。「親分、がってんだ」と父は手のひらで鼻を擦る振りをして、気軽に引き受けた。いつからだったか、父は時々母を親分と呼ぶようになっていた。

父の日給はだいたい八千円なので、単純に計算すると、父は月に六日も働けばノルマ達成となる。だが、働きに出るとなるといろいろお金がかかるらしい。昼は母のつくったオニギリを持っていけばいいし、飲み物はペットボトルにお茶を入れていけばいいのだが、交通費は自腹を切るしかない。

父はなるべく自転車で行ける現場を探したが、そんなに都合のいい現場がいつもあるわけではなかった。お昼にオニギリだけでは足りなくてカップラーメンを食べたくなることがあるし、飲み物だって、ポカリやコーラやコーヒーを自販機で買って飲みたくなることもある。月に六日働くだけでは家賃ぶんに届かないのだった。

父はみずから働く日を増やしていった。久しぶりの労働は、父に活力をもたらしたようだ。働くことのよいところ——決まった時間に起きるとか、よく眠れるとか、お腹がすくとか、お金が手に入るとか——を新鮮なきもちで受け止めたらしい。得意そうに、それでいて、いくぶんきまり悪げに、「いやー、親分、今日は疲れましたですよ」と汗でへたった襟足を掻き上げてみせる父が、芙実は嬉しかった。

「お疲れさまでした」

母と口々に言い、ふふふと顔を見合わせる。青龍も笑みを浮かべた。

「なんだおまえ、笑うならハッキリ笑えや」

青龍は体育座りにしていた両足をいきなり父に引っ張られ仰向けにさせられた。猛烈な勢いでお腹をくすぐられ、「ちょっとちょっと」と声を上げて笑った。やっぱり父は養生していたのだ。ぐうたらではなかったのだ。


まだまだ働けそうな父に母が年間稼ぎ高を設定した。やはり聞きかじりの情報をもとにして、百三十万未満とした。そこを超えるとなんかいろいろ損するらしいよ、と母は言った。二年弱養生していた父をフル回転で働かせる不安もあったようだ。

母は勤め先での査定がよく、実入りがちょっと増えていた。少しだけれどゆうちょの残りもある。父の収入を足したら、暮らしていけることはいけると算段したらしい。父は月の半分くらい働きに出て、帰宅すると母に六千円——日給からお小遣いを引いた額——を渡した。母はそれを郵便局の袋に入れ、三段引きだしのいちばん上にしまった。

父の体調はまずまずだった。腰痛もよくなってきているらしい。やや腰を落とした、がに股っぽい歩き方だったが、えっちらおっちらというふうではなかった。たまにアイタタタと声を上げ、つらそうにした。「お父さん、大丈夫？　痛いの？」

と母と芙実はすかさず声をかけ、青龍は「あっ」と口を開けたまま、気遣わしげな表情で父を見た。「なーに、こんくらい」と父は満足げな笑みを溢れさせ、家族を見回した。

そういえばこんなことがあった。

「うちはびんぼうなの！」

ある日、母が怒鳴った。芙実がクラスの半分以上がスマホを持っていると口にしたときだった。なにかの話の流れで言ったまでで、ねだったわけではなかった。欲しかったけれど。

「うわっ、ビンボくせぇ」

すかさず父が混ぜっ返し、

「びんぼうっていうのはなぁ、女でいうと思わず二度見するブスみたいなもんなんだよ。逆に金持ちはすれちがったとき思わず振り返りたくなるような美人な。それ以外はみーんな普通なんだよ。びんぼうと金持ち、どっちの数も実はめちゃくちゃ少ないの。『うちはびんぼう』なんて言うのは、そこまでじゃないのに『どうせあたしはブスですよ』っていじける女とおんなじで、そんなこと言ってるうちにガチのブスになっちゃうの」

怖い、怖いとかぶりを振る父を母は呆然と見た。たっぷりと唖然としたのち、仕方なさそうに口元をゆるめた。「普通かなぁ」とつぶやくと、「普通、普通」と父が簡単に応じた。

「親分のおかげでうちは普通。ありがたいねぇ」


父はみるみる元気になっていった。

腰痛持ちは腰痛持ちなので、腰に手をあてがうのは癖になっていたが、そんなにアイタタタと声を出さなくなった。かといって正社員の口を探す気はなさそうだった。現場に行って現金をもらうほうがいいらしい。なんといっても気が楽だ、と言う。遅刻せずに現場に行って、言われたことだけやればいいんだからな、と続けた。これじゃあ仕事をしていることにならないと思った時期もあったが、言われたことだけやるのがおれらの仕事とわきまえたらしい。

ちんたらは論外だが、次の指示が出るまでの「なにもしない」時間に気を利かしてゴミを片付けようとしたら、「余計なことすんなよ、おっさん」と怒鳴られたのをきっかけに、ほかのやつらと同じくぼーっと立っているという。ぼんやりしてないでゴミくらい片付けろと大声を出されることもあるが、そこは現場の担当者次第。日雇い稼業を続けると、同じ現場にたびたび回される。ここはこう、あそこはこう、と具合が分かってくる。

父は週に五日は働いた。よい現場があれば六日働くこともあった。

父は働けば働くほど生活が楽になると思ったらしい。収入が母の指定した年間稼ぎ高を超しそうでも気にしなかった。母もなにも言わなかった。このままでは、たしかなんかクニへの支払いが増えるのではなかったか、でも、黙っていればバレない、とだれかが言っていたような気がする、と母は芙実に言っていたが、ご近所の訳知りふうの奥さんに、税務署が黙っちゃいないよ、と脅かされ、おっかなくなったらしい。正直がいちばんだ、と父を扶養から外した。父は毎月社会保険料を収めるようになった。

家の収入は、それでも、父が無職だった前の年よりかは増えたようだ。昔の苦労話をするように、母はたまに「やー去年は大変だった」と言った。「去年に比べたらマシ」と言うこともあれば、「去年を思えば今年は天国」と言うこともあった。

いつのまにか父はスーパー銭湯の固定スタッフとなっていた。派遣には変わりないが、現場からの要望で専属になったようだ。

基本は土日出勤を含む週五日制。夜勤シフトに入る場合もあり、残業も休日出勤もあったが、ある程度なら融通がきくようだった。相変わらず交通費は出ないが、毎日派遣会社から携帯に送られる紹介現場一覧を見て、明日の働き先を申し込む手間がかからない。たびたび営業を自粛していたそのスーパー銭湯はだいぶ減らした従業員を増やし始めていた。先輩が少なく同僚が多いというのも父の働きやすさにつながったようだった。

そして、この年は、母が重い腰をあげて就学援助制度の申請をおこなったおかげで、芙実と青龍の給食費と虫歯治療などのいくつかの病院代が実質タダになっていた。学用品なんかの助成もあり、月にならすと一人あたま四千円程度だと、そんなことを父と母は夜中に笑い声をまぶしながらよく話した。

「まったくありがてぇなぁ」

「ほんと、ありがたいよ」

「だからって、めったやたらとクニをアテにするのはよくないぜ。クニを頼るのは、もうほんっとギリになったときじゃねぇと。でないとただの甘えになる」

「うちは今までがんばったから、ちょっとくらい甘えてもいいよね」

「まぁな」

くくく、と忍び笑いを交わしてから、両親は布団を抜けだし、四畳半に行った。ふすまを閉めて、ゴソゴソする。ゴソゴソしたあと、二人は台所でタバコを喫《す》う。二人とも禁煙してしばらく経つが、ゴソゴソのあとは喫うのだった。それ用のタバコはガス台の下の引きだしにしまってあった。時々芙実はなんとなしにタバコの本数をチェックする。芙実が気づかないときに二人がゴソゴソしている場合もあるようだった。

芙実と青龍は、もう家の経済状態を知らされなかった。

父が冷凍食品会社の倉庫で働いていた頃には、お金持ちではないかもしれないけれど貧乏というほどではない、と思っていた。

今でもそう思ってはいるのだが、高い鉄棒にぶら下がっている感覚が胸の底にあった。だらんと伸ばしたつま先は宙に浮いている。だから地面との距離が分からない。鉄棒から手を離し、着地したら分かるはずだ。あ、こんなに近かったんだ。または、あーこんなに離れてたんだ。

どちらにせよ、芙実は着地したくないと思った。できれば腕を曲げて体を持ち上げ、鉄棒に腰かけて休憩したい。ぶら下がっているだけなのは疲れる。手が痺れ、腕がジンジンと痛くなる。

もし家族でぶら下がり競争をやったら、最初に落ちるのは青龍に決まっている。青龍は握力が弱い。体育も苦手だ。ぶら下がり続ける根性もないだろう。すぐに諦め、もういいや、と言いそうだ。

母の言う通り、生活は去年より楽になったのだろう。家のなかの薄暗さが一掃された。身動きしてもしなくても、どこからかキーキー鳴る音が聞こえるような軋みもなくなった。父が毎日仕事に行くことが油になって、滑車がスムーズに動きだしたようだった。

月に一度、父と母は献血に行く。芙実も青龍もついて行って、四人で外食する。それが新しい習慣となった。場所は持ち込み可のカラオケ屋で、その前にめいめい食べたいものをイオンで買い込む。お弁当、お菓子を各自一個だ。カラオケ屋では歌い放題、飲み放題プランを選ぶのが恒例になっている。

父は豊かな声量を活かしTUBE、母は切なそうな表情でZARDを何曲も、芙実はあいみょんを一曲か二曲、音痴の青龍は「ドラえもん」一曲だけ。最後はみんなで立ち上がり、とんねるずで盛り上がる。父と母の青春時代の曲だが、芙実も青龍もすっかり覚えてしまった。芙実は肘を後ろに引いて手拍子を打ち、青龍はヤケクソのようにこぶしを突き立てぐるぐる回す。前に席から立たずにいて、マイク越しに父に「スカすんじゃねぇ」と叫ばれ、蹴りを入れられたからだ。

父が働いていなかった去年はこんなひとときを持てなかった。

といっても「こんなひととき」以外は去年とさほど変わらない。

洋服を買うのは、小柄ながらも育ちざかりの青龍だけだった。その青龍だって、つんつるてんになるまで購入を引き延ばされた。食事は簡単なものばかりだ。食材を買ったら、全部消費するまで買い足さない方針は以前からだが、クッキーの型抜きを利用して目玉焼きの黄身をお花にするなどの「楽しさ」や「遊びごころ」はなくなった。単品を焼くか茹でるかして、それに砂糖醤油をからめて甘じょっぱくして、おかずにした。

豚の細切れ、鶏の胸肉、卵、納豆、豆腐、もやし、玉ねぎ、人参がおなじみのメンバーで、なくなるとまた同じものを冷蔵庫に入れた。買い物が面倒なときはオニギリをつくって醤油を付けて焼いた。それか、ケチャップだけのナポリタン。朝は激安スーパーで買った大容量のピーナツバターを食パンに塗って食べた。

とにかくなにを買うのでも「いちばん安いの」を選ぶようになった。量がたっぷりだとなおいい。味や質は問題にされなくなった、と芙実は思うのだが、自信はなかった。もしかしたら、前からそうだったのかもしれない。

芙実は、この二年で起こった生活の変化をよく憶えていなかった。

白い毛糸みたいな「今」が縒《よ》り合わさって続く毎日で、いつ毛糸が色変わりしたかなんて分からない。芙実は、父が冷凍食品会社の倉庫で荷物の上げ下ろしをやっていた頃のことも、くわしく思いだせなくなっていた。

言えるのは、父が晩酌を欠かさないこと。ゲームもやめていないこと。ギルドの副リーダーになり、課金を続けていること。辛気臭いことを言わなくなるとともに、料理や洗濯や部屋の片付けがおざなりになった母と父との息がぴったり合うように見えること。二人が週に一度はゴソゴソすること。

だけども、うちは普通で、少なくとも思わず二度見するようなブスじゃない。だって、こんなに、なんとかなっている。ほらね、やっぱりなんとかなるもんだ。そう父と母は威勢よくラッパを吹いているようだった。

芙実は中学三年生、青龍は中学一年生の秋を迎えていた。

両親はまだ献血から戻ってこない。

6

芙実は目を空に向けた。空の青みが塗り重ねたように深くなっている。ゆっくりと視線を下げると、街並みが広がった。背の高いビル、低いビル。長細いの、四角いの。建物のかたちの後ろに薄い紺色が広がっている。夜の素《もと》だ。あれが色を濃くしながら勢力を拡大し、空を覆うと夜になる。

日は翳ってはいなかったが、波のような風が出てきた。雲の流れで陽射しが強まったり弱まったりする。強いときは青龍の横顔が照り映えた。弱まると陰がつき、いっそう賢そうに見せる。

7

中学三年の秋、芙実はこころのなかで高校進学を取りやめた。

表向きは進学希望のままにしていて、電車とバスを乗り継いで通う偏差値四十一の公立普通高校に合格したい雰囲気をにおわせていた。つむぎ、七海、璃子は芙実と同じ高校か偏差値四十三の高校かで迷っていた。四十三のほうが家から近いから、と言っていた。三人は私立を併願する予定だった。四十三にチャレンジし、しくじっても高校生になれる三人だ。

「うちはお父さんがちょっと病弱で」

芙実はそうつぶやき、家庭の事情で私立は無理なので四十一に賭けるしかない空気を滲ませた。「そっかぁ……」と三人はわりと急いで納得した。どんな表情をすればいいのか決めかねたまま、「じゃあうちら芙実と同じトコ受けようか？」と言いだした。少しくらい遠くても四十一のほうが四人一緒に通える可能性が高いっちゃ高い、と活気づいたのだが、明くる日になると「……でもやっぱり」と首をかしげた。

少しがんばれば四十三でもイケるのではないか、三人は本気でそう思ういっぽう、でもたぶんうちのことだから、がんばんないんだろうな、と直感しているようだった。たとえがんばったとしてもこの時期になるとみんながんばる。ゆえに結果は同じだろうし、四十一だ四十三だといっても、偏差値三十五、六をウロチョロしている自分らからすると、はなから負け戦にのぞむようなそんな諦めめいたものがある。だからといって受けないなんて考えられない。高校受験はすでに決定事項だ。自分らの意思でどうにかなるものではない。それに受けなきゃ奇跡も起こりようがないではないか。やっぱり少しはがんばらないと。

芙実は自分ががんばらないと知っていた。

そもそも、いったい、なにをどうがんばればいいというのか。そこからして途方にくれる。ちょっとイラッとするほどだ。「がんばる」のイメージ——机にしがみつきシャープペンシルをカリカリ動かす——なら鮮明に描けるのだが。

五教科はとっくにちんぷんかんぷんだった。読もうと思って教科書をひらいても、「ぐわあ」と変な声が出るだけだった。芙実の知らないうちに、どの教科書も大変なことになっていた。インテリ芸人とかそういう頭のいい人しか答えられないようなことが平気で書いてある。おまえの出る幕じゃないんだよ、と追い払われているような気がした。

教科書に書いてあることが分かるようになるには、どのくらい時間がかかるのだろう。芙実はまず自分が教科書から取り残された地点を探ろうとした。いち、に、さん、と小一から数えていって、立ち止まる。小学四年生になる頃には、あやふやになっていた。先生の教える声が、音として聞こえていた。ポイントっぽい場面は察知できたので、身構えて耳を澄ましたが、先生の声はいっこうに輪郭を持たなかった。

小四は五年前だ。でも、取り返すのに同じ年数だけかかることはないはず。少しは成長しているだろう。ビリギャルという人は一年で取り戻したという話だ。あそこまでとはいかないけれど、芙実だって二、三年か三、四年かそれくらいで、第二のビリギャルになれるかもしれない。がんばればきっと。

ただがんばり方がよく分からないだけで、と思わず唇を噛み締める。

芙実が苦手なのは五教科、というか座学にかぎられた。その他のことはなんなくできる。特にがんばる必要がないのである。

縫い物も料理もそつなくこなすし、率先しておこなう後片付けも手際がいい。展覧会に推薦されるほどではないが、絵も上手だ。きれいな声で歌も歌えるし、アルトリコーダーも上手に吹ける。つむぎにちょっと教えてもらったら、あっというまに両手でピアノを弾けるようになり、つむぎのへそを曲げさせたこともある。

分けても体育が素晴らしかった。体育の時間の芙実は優等生だ。陸上部員に劣らないくらい足も速いし、バレーボール部員並みのサーブを打つ。跳躍力も言うことなしで、マット運動は大の得意だ。美しいフォームで前転、後転、側転。柔らかいからだを活かし、ぴんと足を伸ばして開脚前転、開脚後転。実はトンボも切れる。助走をつけず、ノーステップでの宙返りだ。自慢するみたいだから人前ではやらないけれど、空中で一回転する快さは格別だった。地球を回しているようなきもちがする。

もっとも得意なのが集団行動だった。背筋を伸ばして両方の膝をつけ、つま先をおよそ四十五度にひらいて「気をつけ」。足を肩幅にひらき、両手を後ろで組んで

「休め」。「気をつけ」の姿勢に戻り、腰からしっかりと上体を三十度曲げて「礼」。「右向け右」、「左向け左」はもちろん「回れ右」のキレも文句なし。二列から三列、三列から二列、四列から二列への指示にも素早く対応、前後左右との乱れをササと「整とん」、「集団走」もお手のものだ。こぶしをつくり、腰の高さに上げ、前の人と足並みをともにしつつ進み、目的場所に到着したら足踏みをしてリーダーの「ぜんたーい止まれ」で足を一歩前に出し、残った足を引きつけてピタッと止まる。

三年生になってすぐに、一年生と合同で練習する授業があった。先輩として手本を示し、後輩を指導するのだ。芙実は手本は示せたが、言葉をうまく操れないので指導は下手だった。「授業を通して学んだこと」という課題の作文の出来栄えもまずかった。

家庭科や音楽もテストになるとからきしダメだが、作文のたぐいはもっと骨が折れた。書くことが思いつかない。なにをどう書けばいいのかも分からない。せっかくアイデアがひとつふたつ水ヨーヨーみたいに浮かんでも、書こうとするとパチンと弾け、萎びた皮だけが残るのである。

「授業を通して学んだこと」に芙実はこう書いた。

〈私は、授業を通して学んだことは、できる人の気持ちがわかったことです。たとえ一年生でもこんなかんたんなことができない人が、なぜできないのかわかりません。言う通り動けばいいだけなのに、不しぎと思いました。私は、ちがう教科のときできる人がなぜできるのかわからないのは不しぎに思いません。すごいなと思います。でもできる方になったらできない人をなぜできないのだろうと思います。できる方はできない人に上から目線できますが、私はできる方になってもできない人にえらそうにしないようにしようと思いました。ほかはできるのに集団行動だけできない人がいるからです。おんちの人も絵がへたな人もいて、でも勉強はできる人がいます。わたしと反対の人なので、その人たちをばかにしたくないです〉

芙実の頭には青龍のすがたがあった。合同授業をおこなった一年生のクラスに青龍がいた。青龍のからだはリーダーの指示通り動かなかった。間違えはしなかったが、動きだすところからして時間がかかり、集団の行動を乱した。

「マジか」

書き終えたら、敷島《しきしま》の独り言が聞こえた。隣の席の男子だ。芙実の作文に視線を伸ばし、「うわぁ……」と低い声を出したあと、手でマスクを覆った。

敷島は優等生だった。なんでもできるが、どの教科もたんたんとこなしている印象があった。長い前髪を厚めに下ろして、耳を出し、裾を刈り上げる髪型で、顔を揺すって前髪を左に流すのが癖だった。まーたかっこつけてる、と女子からひんしゅくを買っている。

そういうわけで二年のときのバレンタインに敷島がチョコをもらったのは、けっこうなニュースになった。チョコを渡したのがなにかと面倒臭い図書委員の畑山さんだったので、みんなちょっと意地悪く面白がった。つむぎは「げええっ」と吐く振りをしたし、七海は「お似合いなのにねー」と色つきリップを塗ったし、璃子は「うちらには関係ないし」と足を組んだ。

「まぁ、どうでもいいね」

芙実は机に頬杖をつき、少し笑った。敷島も畑山さんも芙実たちとはちがう世界で生きている。野次馬っぽい興味はなくもないけれど、関わり合うのは怠かった。

畑山さんがチョコを渡したとき、敷島は、「あ」と受け取ったきりで、二人の仲は進展しなかったそうだ。その後、畑山さんが敷島を思い続けているとの続報が入り、一瞬沸き立ったが、芙実たちにとってはどうでもいいことに変わりなかった。

「ひとりひとりが集団の一員だと自覚し、どんな場合でもリーダーの指示にしたがい、集団としてのルールを守り行動することが重要だと改めて学びました。集団行動を練習することにより絆が生まれ、クラスがひとつにまとまります。今回、ぼくは集団行動を通して、これらのことも伝えようと努力しましたが、これもまた、集団の一員としての責任だと気づきました。ぼくはこれからもみんなと協力し合い、自分の責任を果たそうと思います」

授業終了のチャイムの鳴るなか、敷島は芙実のほうにからだを寄せて、小声で告げた。自作の朗読のようだ。それが「授業を通して学んだこと」の「正解」らしいのだが、それより芙実が驚いたのが、敷島が書き終えた作文を暗記している点だった。頭がいいってこういうことなんだ、と思った。

芙実はシャープペンシルと消しゴムをペンケースにしまっているところだった。それはどうも、というふうに浅く頭を下げた。どういたしまして、というふうに敷島も頭を下げ、頭を上げながら前髪を左に流した。

敷島に話しかけられたのは、初めてだった。それまで敷島は右隣の芙実が目に入っていないようだった。前後の席の男子とさして楽しそうではなく、かといってつまらなそうでもなく話をしていた。左隣の女子に声をかけることもあったが、芙実の落とした消しゴムが敷島のほうに転がっても気がつかないか、気づいていながら無視をした。

変わったこともあるものだ、というようなことを芙実は思った。そしてまた、やっぱり頭いいんだろうな、と続けて思う。

意味はよく分からなかったが、敷島の口にした「正解」は、「正解らしさ」がプンプンにおっていた。芙実が思うに、「正解」とはそういうものだ。模範解答と突き合わせるまでもなく「正解らしさ」が立ちのぼる。もし間違えていたとしても、「正解らしさ」を出せただけで充分すごい。常にこれじゃない感いっぱいでマス目や解答欄を埋める芙実とはちがうのだ。あ。思いだした。つむぎの言葉だ。

「ねねね、敷島、珍しく本気出してたね」

集団行動のあと、つむぎが芙実の肩にふざけて顎をのせてささやいたのだ。「そうなん？　よく分かったね」と返したら、つむぎはキャハハと笑って、「分かっちゃうんだ、うち、敷島とは幼なじみみたいなもんだったからね」と答えた。

つむぎはタワーマンションに住んでいる。かつて栄えた巨大工場の跡地に建った超高層マンションで、芙実が小六のときに完成した。

空に突き刺さる黒柿色のマンションは周囲にひろびろとした敷地を持ち、そこにきれいに刈り込んだ植え込みや花壇を用いて石畳の散歩道を敷いている。ところどころにベンチがあって、ウサギ、パンダ、リス、可愛い遊具でこどもがあそべる小公園も備えていた。芙実の家からも見えた。夜は部屋べやに灯った長方形の明かりが優しく建物のかたちを浮かび上がらせ、たまに月を隠した。

そこに敷島も住んでいたらしい。つむぎも敷島も以前はよその市に住んでいて、二人とも中学から校区を移した。つむぎと敷島は同じ小学校に通っていた。つむぎ一家は黒柿色のマンションに住み続けているが、敷島一家は中三になる春休みにマンションを出ていったそうだ。

「急な引越しはタワマンあるあるなんだよねー」

つむぎは舌先をちょっと出した。

「コロナでまた増えた。夜逃げする人だっているよ。敷島んとこはそうじゃないけど」

芙実は夜の素を見ている。長くまばたきをしたり、ビルからビルへと連なる線を辿ったりしてから、また薄い紺色に目を戻す。

8

夜の素の広がりと深まりの進行を観察していた。「いつのまにか」という感覚の成り立ちをこの目で捉えてみたいと思っている。夜はいつも「いつのまにか」やってくる。気づくと夜になっている。

市街地はビルが建ち並び、人通りが多い。車の走る音、人の声、商店の流す音楽が混じり合って常にあり、ゆえに耳に入らなくなる。カッコー、カッコー。たまさか耳が信号機の鳴き声を拾うと、急に街の音が聞こえだす。

9

芙実の暮らす市はおおまかにいうと三つの地域に分かれていた。商業地域、住宅地域、工業地域だ。今、芙実のいる駅周辺は商業地域だった。そして芙実の住むアパートは住宅地域と工業地域の境目にある。小学校と中学校もそのあたりだった。

アパートの前の道路の片側には白いフェンスがめぐらされていて、その向こうに工場や倉庫が並んでいる。

目を引くのは、煤けたダクトが龍の首のようにうねる古くて大きなカサブタ色の工場だ。敷地内には錆びた鉄くずが龍のえさのように山盛りになっている。鉄の箱の大小もてんでんばらばらの向きで複雑に積み上げられている。その隙間にＰＰヒモやＰＰバンドが突っ込まれていて、そこに、畳んでいたりいなかったりする雨ざらしの段ボールが重ねられたり寄り添わされたりしているのだが、落っこちたり地滑りを起こしたりしていて、その先に枯れた植木鉢が転がっている。

さらに、その工場をひと回りかふた回りちいさくしたカサブタ色の工場たちと、灰色の四角い平屋の建物たちが入り混じっている。平たい建物のどれが倉庫でどれが工場なのか芙実は分からない。倉庫であれ工場であれ、そもそもどれがなに屋さんなのかも知らない。うっすらとシンナーのにおいがしてきたり、黒っぽい煙が上がっていたり、フォークリフトが出入りしていたりすると、あそこで働いている人がいるんだなぁ、と思う。なにかをつくったり、どこかでつくったものを出し入れしてるんだなぁ、と。

道路の反対側、つまり芙実のアパート側に建ち並ぶ一戸建てやアパートや、合間合間で営業するクリーニング屋さんや車の修理屋さんに視線を移しても、芙実の感想はおおむね同じだ。花に水をやりに出てきたおばさんを見かけたり、ラジオの音が低く聞こえたりすると、ここで生活している人がいるんだなぁ、と思う。近所だから、顔見知りがほとんどで、行き合えば挨拶をするのだが、そう思った。あの人たちはここで生活しているんだなぁ。そしてうちも、と思いだす。

芙実のアパート側の建物は、どういうわけか、みんな道路より階段三段ぶんは低いところに建っていた。このあたりのどの電柱にも、洪水時の浸水状況を示す看板が貼ってある。

歩いてすぐのところに川が流れていた。幅もそう広くないし、水量も少ないのだが、あれが暴れたら、こどもの頃の青龍が言ったように「このへん一たいは水びたし」になるだろう。

「水びたし」は芙実の両親が生まれる前のできごとだった。以後一度も川の水は溢れていない。川の氾濫で流されて、建て直した橋も芙実の両親が生まれる前からそこにある。

とはいうものの、いつまた洪水がくるかしれない。だけども芙実のアパート側の住人は洪水のことなど頭からどかして、食べたり飲んだり寝たりしている。働いたり、遊んだりしている。

道路はだいたいいつも静かだった。その道路だけでなく、芙実の歩く近所はどこも静かで、おとなしく眠っているようだ。十トントラックが通ると、走行音が空気を揺らすのが見える気がする。

川にかかる橋は、芙実のアパートと中学校の真んなかあたりにあった。橋を渡った向こう側に建ち並ぶ工場たちは、どれもとても大きい。どの煙突からも黒煙が力強くのぼり、風にまかせて同じ方向にたなびいている。

用がないので、芙実が橋を渡ったことはほとんどなかった。

でも、橋には、たまに行った。橋の下は、芙実のお気に入りの場所だった。

橋のたもとの階段を降り、川のほとりの狭い遊歩道を少し歩き、橋の下まで行く。橋の下は昼でも薄暗い。明るい場所では抹茶色にきらめく川面に白い紙クズがのんびり流れていったが、橋の下で眺める川の水は酢こんぶみたいな色をしていて動きも鈍く、水たまりのように見えた。ストローの刺さったプラスチックの蓋や、つぶした空き缶や、布団干し用の洗濯バサミが滞留している。

そこで芙実はトンボを切る。両足を揃えて草はらに立ち、まず集中。息を吸いながらばんざいをし腕を下ろすと同時に足を踏みだして、一回転。

一瞬のうちに景色もくるりと宙返る。世界が少しだけ新鮮になる。繰り返すと、頭とからだが軽くなる。内側にこびりつく暗みが剝がれていき、ぬめりを取った排水口みたいに清潔になっていきそうな気がして、自分自身に問いかける。

うちは、ほんとうに、高校に行きたいのだろうか。

家の経済状態を思うと、気が引けた。なんとかなるはずではある。芙実の住む県では、制度を利用すれば公立も私立も授業料は実質タダになるのだが、高校でかかる費用は授業料だけではない。ことに一年目は出費がかさむ。入学金、教科書代、制服代、体操着代などなど、どれも四月に集中していて、この月が芙実の家ではおそらくキツい。

きっと貯金を崩すことになるだろう。家に貯金がまだあることを芙実は知っていた。こっそり確認したからだ。ゆうちょの通帳は三段引きだしのいちばん上にしまってある。銀行の通帳もしまってあったが、貯金となると芙実の家では、父と母、一冊ずつのゆうちょだった。

母のゆうちょの定額とか定期のページは預け入れられたり払いだされたりしているようで、結局いくら貯まっているのか分からなかった。父のゆうちょは見やすかった。預け入れられたままのお金がひとつ。二十万。よかった。

もし高校に入ったら、バイトに精を出すつもりだった。両親も期待していて、親子三人、たびたび試算した。時給八百五十円として平日三、四日はシフトに入り四時間くらい働くとすると、と母がスマホを取りだして、掛け算する。それを覗き込む芙実に父が「土日祝はガッツリ勤務で、となると、月にまぁ七万弱。夏休みトータルで十七万は固いぞ、おい」と笑った。父はお金の計算がとても速い。

それだけ稼げれば、たとえ親の貯金を崩したとしても、バイト代から余裕で返せる、と芙実は思った。高校でかかる費用も自力で賄えるし、アイフォンを手に入れて、月々の通信費を払い、友だちと遊んだりもできるだろう、そう考えると、早く高校生になりたくてウズウズした。

バイトするのは苦にならなかった。むしろ楽しみだった。高校生がするようなバイトなら、上手にできるはず。そんな自信があった。なぜなら芙実はもう働いていた。祖母からの請け負い仕事だった。

祖母は祖父と二人で芙実と同じアパートに住んでいる。斜め下の一階だ。祖父は午前中黒柿色のマンションで共用スペースの清掃をし、祖母は九時四時でフクイ・サプライという会社にパートとして通っている。二人とも七十近くだが、雇ってもらえていた。もう歳だから、このくらい働いても年金はまるまる支給される。

フクイ・サプライはDM封入や販促品を組み立てる会社だ。そこに祖母は長いこと「内勤」していた。会社に行って、封筒に両面テープを貼ったり、組み立てずみの箱に販促物を入れたりしている。箱を組み立てたり、シールを貼ったりするのは、「外勤」で、内職さんという。芙実は、二年生のときから、この内職さんの仕事を祖母から回してもらっていた。

内職をするのは、主に祖父母の家だった。祖父母の家では、芙実の家でいう勉強部屋が作業場だった。

まず祖父が自転車でフクイ・サプライから段ボールを受け取ってくる。なかには、たとえば、折り込み線の入った透明の組み立て前の箱がたくさん入っている。それは新発売だったりデザインが変わったりなどしたタバコとオマケを入れる箱で、ゆくゆくはコンビニなどで売られる。タバコとオマケを箱に入れるのは、祖母のような「内勤」の仕事だ。芙実の仕事は「外勤」の箱折りで、板より柔らかく紙より堅い透明の箱をひたすら折り続ける。

学校から帰ると、芙実は祖父母の家に行った。箱に指紋を付けてはいけないので、薄い白の手袋をはめる。指先がゴムになっていて滑らないこの手袋は、一組百円。祖母が職場から買ってきてくれた。箱にゴミが付いてはいけないので、作業場には裏返した包装紙をつぎはぎして敷いている。芙実はそこであぐらをかいて、六時近くまで黙々と手を動かす。隣の部屋から祖父のつけたテレビの音がする。祖父のいびきも聞こえる。祖父は大相撲中継があるときは起きていて、拍手をしたり、「お、お」と言ったりする。

五時過ぎに帰宅して、夜ごはんの支度をする祖母に声をかけて、芙実は自宅に戻る。その声で二つ折りにした座布団を枕にして眠っていた祖父が目を覚まし、玄関のドアを開けてくれる。芙実は段ボールを抱えている。自宅で作業するぶんをいつも持って帰った。夜ごはんを食べるまでと、食べてから寝るまで、青龍が宿題をしたり借りてきた本の好きなところを書き写したりする音を聞きながら、白い手袋をはめて作業する。部屋には、もちろん、裏返した包装紙も敷いてある。これは祖父母の家からもらってきた。芙実の家には包装紙がなかった。祖父母の家にあるのだって、昔のものばかりだ。

内職の報酬は月に一万円だった。たぶん、祖母がいくらか上乗せしてくれている。芙実は、学校が休みのときは平日の三倍くらいの時間を内職にあてていた。それでも一万円までいかないような気がする。内職は出来高制で、単価が低いと祖母が言っていた。

祖母のような「内勤」は時給制だった。パート社員だから有休もあるし、お年玉程度だけどボーナスも出る。時給は低いらしいが、内職さんよりは実入りがいいらしい。フクイ・サプライとしてはパート社員の内勤さんを減らして、日雇いさんを増やす方針でいるらしく、そのため、内勤さんの負担が増えているそうだ。なぜなら入れ替わり立ち替わりやってくる日雇いさんに一から教えなきゃならない。懇切丁寧に教えても使えない人がほとんどで、なかには箸にも棒にもかからない人もいるという。「あれであたしらよりもらってるんだからさ」と祖母は鼻の付け根にモリッと皺を寄せ、「あーばかくさい、たまったもんじゃないよ」と嘆いたあと、芙実を見て、にっこり笑う。

「芙実みたいな子がきてくれればいいんだけどねえ」

祖母に言わせると、芙実は筋がいいそうだ。手早いから数をこなせるし、仕上がりも申しぶんない。作業内容に合わせて、どうすれば早くきれいにできるかちゃんと考えている。自分の「やり方」が決まったら、自己ベストに挑戦する気構えでスピードに集中し、集中しながらも「やり方」の微調整をおこない、自己ベストを更新し、その記録を安定させている。なによりいいのはリズムだそうだ。一定のリズムで作業し続けるのは基本中の基本だが、できない人が多いという。教えてできるものでもないようだ。

「血筋かねえ」

祖母は自慢げに頬をゆるめ、深くうなずく。祖母もまたフクイ・サプライでは優秀な働き手であるらしい。芙実の仕事ぶりをチラッと見ただけで、技量と素質をすっかり見抜いてしまうくらいの。

芙実は、だから、内職が楽しい。上手にできることを思う存分やれるのは嬉しいことだ。夢中で作業していると、またたくまに時間が過ぎる。それも嬉しい。五教科の授業中とはぜんぜんちがう。時計の針が進むのをじっと待つ時間の長いこと、疲れること。内職だって疲れるが、得られる充実感に比べたら取るに足らないものになる。さわやかですらある。その上お金まで手に入るのだ。

芙実は思う。

働くようになれば、体育や家庭科や音楽や美術の授業時間だけみたいな毎日になり、お金がもらえる。

芙実が胸に描く仕事はからだを動かす作業だった。授業でいえば実技で、つまり、五教科みたいに机に向かい頭だけを使う作業ではない。

内職でもらった一万円は青龍と半分に分け、自分らのお小遣いにした。お金を手渡すとき、青龍は毎回「いいの？」という目をする。少しひらいた視線をふらつかせ、芙実を見上げるようにしてから、ふっつりと視線を外し、「ありがと」と受け取る。カクンと頭も下げる。つむじ周辺の毛が跳ねていて、横の髪は耳に被さっている。芙実は「そろそろ髪切りに行きなよ」と声をかける。青龍は「んー」とはっきりしない返事をしながら机の引きだしを開け、百円ショップで買った携帯の防水ケースにお金をしまう。

そんなとき、芙実の内側の底に沈殿している暗みのかけらが浮き上がる。一度浮き上がると、次々と浮かんでくる。

そもそも芙実は、青龍に「いいの？」という目をさせたくなかった。たかだか五千円で、おどおどさせたくないのだ。青龍にはお金の心配をさせたくない。お金だけじゃない。なにも我慢させたくない。できれば大学までいかせたい。

青龍が上手にできるのは五教科だ。仕事だって五教科の授業みたいなのしかできないだろう。パリッとしたスーツを着てパソコンとかカタカタやるような会社員系の仕事だ。

芙実は、とっくのとうに分かっていた。青龍にはそれしか能がない。そう、分かりすぎるくらい分かっている。青龍には高校も大学も必要なのだ。で？　うちは？　実技にしか能がないうちに高校は必要だろうか。うちは高校に行きたいのだろうか。うちが高校に行って、モトが取れるのだろうか。

いとこたちはモトが取れなかった。父の兄の娘たちだ。伯父一家は芙実たちと同じ市内に住んでいる。県境のマンションだから、少し遠い。

高校くらい出てないと、と伯父は姉妹ともに家から遠い私立高校を単願で受験させた。姉妹は合格したが、どちらも一年足らずで中退した。姉はバイト先の回転寿司屋の職人とこどもができて学校を辞め、妹は通学がかったるいと行かなくなった。姉は職人と結婚し、子育てしながら焼き鳥屋の仕込みのバイトをし、妹は定時制の高校に入学し直したが続かず、現在は都内のもみほぐしサロンで働いている。姉は二十歳、妹は十九。

「いや、モトが取れないにもほどがあるわ。捨てたねぇ、金を、ドブに、思いっ切り」

父は我がことのように姉妹の高校入学費用を惜しみ、女はこれだからというようなことを口にした。「高校なんて学歴の無駄遣い」と母を指差し、「結局結婚したらみんなパートのおばちゃんじゃんよ」と鼻息を荒くした。父自身の高校中退から冷凍食品会社の倉庫で社員になって一家をなす物語を語り、男はこうでなくっちゃという顔つきをしていたのだが、掻き消すように引っ込めて、高校を卒業し、奨学金を得て専門学校に通い不動産鑑定士の資格を取って地元の不動産会社で働く兄を「今までイイ感じできたのになぁ」と大仰に気の毒がった。「こどもがああじゃ兄きも立つ瀬ないわな」と同情したのち、愚痴になった。

「兄きがウエの学校行けたのだって、元を辿ればおれが働いてたからでさ、そらそうだろ、顔真っ黒にして車の部品をこしらえてた職人と内職に毛の生えた仕事してるパートの息子が親の稼ぎだけでウエに行けるわけないって。なのに短大出の嫁さんもらったら向こうの言いなりでさ、親ほっぽってシレッと掘りだし物のマンション買ったりなんかしちゃってよう」

芙実は、高校生にはなってみたいと思っている。でも高校生になるには、高校に行かなければならない。となると授業がある。テストもある。芙実は高校生になってまで勉強したくない。もともと勉強はしていないけれど、中学校はその先に高校受験があるので、勉強はしなきゃならないものという縛りがある。芙実のイメージする高校生にはそれがない。高校生のその先は社会人で、つまり、高校生は思うさま羽を伸ばせるところだった。

アイフォン片手にチェックのスカートをひらひらさせて、家と学校とバイト先をミツバチみたいにブンブン飛び回り、合間を見つけてアリオをぐるぐる回ったり、たまにはサンシャインとか竹下通りとかまで足を伸ばし、夏は絶対海とか行きたい。そのときになってみないと分からないけど、彼氏ができても芙実は友だちとの付き合いを優先するつもりだ。どうしても一緒にいたいと彼氏に言われたら考える。友だちもきっと分かってくれるはず。でも。

これは学歴の無駄遣いじゃないのかなぁ。

芙実の内側にこびりつく暗みが一枚厚くなる。ほんとうは知っていた。芙実の胸いっぱいに広がる高校生のイメージは、夢みたいなものだった。それはあくまでもタワマン住みのつむぎのようにキャハハと笑う女の子に当てはまるイメージで、芙実のものではない。見よう見まねでそれらしく振る舞えるかもしれないが、無理やり感がたぶん抜けない。七海と璃子は大丈夫だと思う。きっとさまになる。今だって、つむぎが始めた体操服の裾をちょっと短くしたり、制服のリボンの長さを少しだけ伸ばしたりして「こなれ感」をつくる方法を自分のものにしている。いちおう芙実もやってみてはいるのだが、三人ほど「こなれ感」が出なかった。どこがどうとはいえないが、垢抜けない。「やってる感」でいっぱいで、もっというと、そぐわないのだ。

一定の同じリズムで内職をして、青龍に五千円を渡す自分が、そのときの自分の手つきが、芙実の思う「うちらしさ」のシンボルだった。

腕を前に伸ばし、指を揃え、手の甲を立ててみる。ほどよく日焼けしたような色をしていて、指が長い。どの爪にも白い三日月がくっきりと浮かんでいる。頭で考えるより先に動く手だ。頭が追いつかないほど速く動く。手の甲を寝かせ、裏返した。肘を畳んで、手のひらをこちら側に引き、はい、どうぞというふうにゆっくりと前方に差しだす。目が細まった。母譲りの厚いまぶたの奥二重。なめらかな浅黒い頬が自然とゆるみ、錠前と鍵が合わさったような気がした。

10

「あ」

青龍が本から目を上げた。顎も上げ、あたりを見回す。ハッとした顔をしていた。夕方が深くなっていることに気づいたようだ。

「遅いね」

本を膝に置き、献血ルームを振り返った。

「混んでるんじゃない？」

芙実は答え、いつのまに、と思った。芙実もまたハッとしていた。目を凝らしていたつもりだったが、見逃した。いつのまにか夜の素が深さを増して広がっていた。でもまだすっかり夜ではない。たとえていうなら、年頃の若い夜だ。街並みの後ろの低いところはいっぱしの大人になっていたが、芙実の頭上に広がるのは、大人びたこどもの夜だった。

11

十月、つむぎが公立を諦めて私立単願を決心したら、七海と璃子も同調した。私立単願は、もともと担任から熱心に勧められていたのだった。芙実も例外ではなかったが、家庭の事情を盾に偏差値四十一の公立一本狙いを押し通した。親も賛成した。不合格でも公立高校進学の選択肢は残っている。でもまぁ二次募集で合格するのは期待薄なので、定時制、通信制の実質二択だ。

親は「なーに受けてみないと分からない」とか「芙実は案外一発勝負に強いタイプだし」と大雑把に励ましながらも、最終的には落ちるだろう、と予想しているようだった。芙実の予想も同じだった。受かるわけがないと思う。

親の関心は定時制、通信制の二択問題にスムーズに移行し、芙実が進路指導室から持ってきた資料を青龍に読ませた結果、公立の通信制にこころを傾けた。

芙実もどちらかといわれれば通信制だな、と思った。登校が週に一度ですむ。その代わりレポートを提出しなければならないが、作文ではなく、質問に答える形式のようなので、いくらかマシだ。青龍に教えてもらうこともできる。定時制は毎日授業に出なければならない。いとこ姉妹の妹はそれが億くて続かなかった。

不合格にはなるだろうけど、親は、芙実が偏差値四十一の公立を受験するものとしていた。

父は芙実が高校に行ってモトが取れると考えていなそうだったし、行ってもきっと学歴の無駄遣いになると決めてかかる姿勢を見せたが、母が「まぁそうかもしれないけどさ」というふうに首をちょっとかしげてみせたら、「そうなんだよな」と口を動かし、忙しくうなずいた。

なんだかんだいっても、高校は行ったほうがいいものなのだった。モトが取れなくても、無駄遣いになったとしても、高卒の肩書きには普通という箔がつく。

二学期の中間テストの最後の日、芙実は学校帰りに橋の下に行った。

草はらにかばんを放り投げ、トンボを切る。

いつものことだが、テストは散々だった。選択問題は答えの番号をなるべく散らして記入してみたが、記述問題は埋めることすら苦労した。問題文を読むと聞き憶えのある単語がたまに出てきて、あ、知ってる、と手がかりを摑んだ気になるのだが、そこまでだった。英語は手がかりさえなかった。先生の「始め」でひっくり返したテスト用紙をざっと眺めての感想は、なんかいっぱい書いてある、だった。やることがないので、暇だった。それでも考えている振りをして、時間の経つのをじりじり待った。芙実の内側のどっしりとした暗みのカサが増え、重たくなり、だけれど、最後のチャイムが響いたとき、すべてどこかに行ってしまった。急になんにもなくなった。内職をしているときと真反対の感情が突如やってきて、芙実をひと飲みしたのだった。すごく急に、なにもかもがいやになった。ちょっとした弾みで口にしがちな「死にたい」とか「消えたい」とかいう言葉が妙に深く刺さってきて、そのどちらかというわけではないのだが、できればそんな状態になりたいというか、なってもいいというか、そんな思いがからだのすみずみを通り抜け、スカスカした。

　トンボを切っても、虚しさはなかなか退《の》いてくれなかった。思わずここに来てしまったけれど、もしかしたら、いつものように内職をしていたほうがよかったかもしれない、と思いかけたとき、声がかかった。

「すげー」

　振り返ったら、敷島がいた。敷島は橋の下に入ってくるところだった。明るい場所から薄暗がりへゆっくりと移動しながら、「すげー、すげー」と歌うように繰り返し、芙実のすぐそばで立ち止まった。

「やーいいもん見してもらったわ」

　と前髪を左に流し、腕を組んだ。

「小豆沢ってさー、運動神経いいんだな」

　独り言を言って、しゃがんだ。

「なんでココいるの」

芙実もしゃがんだ。スカートをお尻に沿わせ、膝の裏で挟むようにする。

「逃げてきた」

「なにから？」

「畑山」

敷島は一緒に帰ろうと待ちかまえていた図書委員の畑山さんをまいてきたらしい。

「付き合ってるの？」

「や」

でも時々畑山さん主導で一緒に下校するかたちに持ち込まれるのだそうだ。畑山さんが一人で歩く敷島を尾けてきて、学校からほどよく離れた頃、足を速め、敷島の隣にスッと並び、「今日さー」みたいな出だしで、どうということもない世間話を始めてくるらしい。

「付き合ってくださいと正式に言われたら、こっちも打つ手があるんだが」

敷島は頭を動かし、前髪を大きく左に流した。

「モテるね」

「バカじゃねぇの」

「モテてるし」

「面倒臭いだけだし」

「たしかにね」

「お、意外と毒舌」

「正直、どうでもいいんだけど」

「おれも本来どうでもいいんだけど、当事者だから」

「あー」

芙実はうなずき、「なんかごめん」と謝った。「べつに」と敷島は刈り上げた襟足を触り、さっき言ったことをまた言った。

「小豆沢ってさー、運動神経いいんだな」

「まぁ、いいほうかも」

「集団行動もキレッキレだったし、体力とかどう？　あるほう？」

「普通に」

ふーん、と敷島は芙実を改めてというふうにながめた。

「細く見えるけどガタイも悪くないよな。肩幅も広めだし筋肉質っぽい」

身長どんくらい？　と訊く。芙実は敷島の探るような視線にとまどい、背中を屈めて答えた。

「百六十一だけど？」

「五十キロくらいある？」

「あるけど？」

ほんとうはもっとある。

「胸囲とか訊いていい？」

えっとからだを引いたら、敷島は「ちがうって」と少し笑った。

「おれ、高等工科学校受けるんだ」

「なにそれ」

「陸上自衛隊の高校。全寮制。学費、寮費がタダの上に手当が出る」

高校生ではあるんだが、身分は国家公務員というレアケース、と敷島は立ち上がった。長い前髪の隙間から芙実に視線を投げ、「受かったら丸坊主」と前髪を掻き上げ、額を見せた。

「卒業したら陸上自衛官。陸士長。一年経ったら三等陸曹。試験に受かればまー幹部も夢じゃないでしょう。でも、おれは卒業したら防衛大に行くつもり。ゴリゴリのエリートコースに乗ってやるんだ」

「その学校、どこにあるの？」

「横須賀《よこすか》」

ていうか、と敷島は薄く笑った。

「男しか入れないから」

「そうなんだ」

「それに試験があるから。倍率もけっこう高いし」

なるほどね、と芙実もゆっくり立ち上がった。苦笑いが浮かんでいた。一瞬、すごくいいと思った。軍隊の学校のようなものを想像したのだ。机に向かう授業もあるのだろうが、ほとんどが実技だろう。前へならえとか休めとか行進とかして、匍匐前進やSASUKEみたいな訓練ののち、銃や大砲の使い方を覚える。どれも上手にできそうだった。しかもお金ももらえる。なぜならコームインだから。でも芙実は女子だからその学校に行く資格がないらしい。たとえ男子だったとしても試験があるんじゃダメだろうけど。

とりなすように敷島が言った。

「自衛官候補生なら試験ラクっぽいよ」

「それも学校？」

「や。就職試験みたいなやつ。自衛隊への」

「コームイン？」

「国家公務員」

「試験、ほんとラク？」

「中卒程度ってやつだと思う。高工校よりユルいんじゃないか？　よく知らないけど」

「女子も受けれる？」

「受けれる」

ふぅん、と芙実は顔を傾け、顎を上げた。視線を下げて口をへの字に結ぶ。コームインになればなにかと安泰だという情報は入っていた。母が勧める郵便局はお役所ではないけれど、お役所みたいなものらしい。だから潰れる心配がなく、よそのパート先より「しっかり」している、と母は力を込めて言う。コームインならもっと「しっかり」していて、もらえるお金も母より全然いいだろう。しかも仕事内容は実技のようなものだ。それでコームインになれるのは、芙実にとって理想だった。理想が突然目の前に現れ、ドキドキしている。でも中卒程度の学力が必要なら無理。見かねたように敷島が言う。

「勉強すればいいだけじゃねぇの？　過去問出てるし。まだ三年あるし」

「三年？」

「中卒でもオッケーだけど、十八になんないと受けれないんだよ」

「オッケーなんだ」

芙実はかすかに笑って繰り返した。

「十八」

とつぶやき、「カコモン？」と訊いた。敷島は「小豆沢が言うとポケモンみたいだな」と鼻息を強めに漏らしたあと、「過去に出た問題。数年ぶんの過去に出た問題を集めた本」と答えた。芙実が口をひらく。

「それやってれば受かる？」

「小豆沢次第なんじゃない？」

長い前髪から覗く敷島の目がカツンと硬くなった。

「なんだって自分次第だよ。一発逆転狙うならそれなりに努力しないと。小豆沢ってまさかなんもしないでどうにかなるとか思ってないよね？」

そこまでばかじゃないよね、と微笑した。鼻を啜るように息を吸って続ける。

「おれは職業軍人になるよ。これって昔っから貧乏人の小倅《こせがれ》が出世できる定番コースのひとつでさ、なんせ元手が自分の頭とからだだけだからな。おれはそこに乗ってやろうっていうんだよ。幹部になっておれの号令ひとつでズラッと並ぶ兵隊を動かしてやるんだ」

ハッ、と口を開け、「小豆沢って」とさらに続けた。

「兵隊に向いてるよ。分かってんだろ。小豆沢に向いてる仕事なんてそんなないんだよ。強いていえば単純作業。だれでもできる仕事ってやつ。知ってる？　ＡＩ。あれが小豆沢の取りぶんを食っちゃうんだよ、どんどん。あと、外国人な。あれもどんどん増える。どうするんだよって話なんだよ、小豆沢。なんも考えずにリーダーの指示にしたがってキビキビ動ける長所をいかせて、国家公務員って身分を保証されて、金もらえて、クニを守る大仕事を任せられるなんて兵隊のほかになくないか？　なのに、ちょっとくらいの努力をイヤがってさー。こっから三年、いったんどっか適当な高校に潜り込んで、こっそり過去問やればいいだけなのにさ。なんかむちゃくちゃ腹立つわ、おれ、そういうの」

と敷島は高く腕組みした。

「うん」

芙実はひとまず口にした。息を吸い、吐いた。芙実も腹を立てていた。お腹の下のほうから真っ赤な怒りが立ち上がっている。

「単純作業って、内職みたいなやつ？」

箱折ったりとか、とその手つきをした。

「あーそういうの、そういうの」

敷島がさもばかにしたように短く速くうなずく。

「あれはだれにでもできる仕事かもしれないけど、だれでも上手にできるわけじゃないんだよね。ずうっとおんなじリズムで続けられて、できあがりの完璧さと数をどっちもこなすのは、敷島が思うほど簡単じゃないんだよ」

「だろうね。いや、だから、そういうのが小豆沢に向いてるって、おれ、言ったよね」

「そうだよ、向いてんだよ」

芙実は声を張り上げた。自分でも驚くような大きな、野太い声だった。耳が弾け飛びそうになった。

「敷島は分かってないんだって。向いてることをやってるときのきもちが。思うように、なんなら思う以上に手が動く感じとか、できあがったものを見るときの自慢な感じとか、全然分かってないから、『だれでもできる』とかって見下げるんだよ。たとえ『だれでもできること』だとしても、うちはだれよりも上手にできるんだよ。敷島が思ってるよりうちは百倍うまくできるんだ。筋がいいんだよ」

少し間を置き、敷島が「分かった」と言った。「おれの言い方が悪かったんだな」とつぶやき、消え入りそうな声で「なんかごめん」と謝った。

「……こっちも」

なんか興奮して、と芙実も少し間を置き、応じた。謝りはしなかった。落ち着き始めてはいたものの、お腹のなかではまだ怒りがチロチロと燃えていた。

敷島の言葉が胸にめりこみ、呼吸するたび、深く入ってくるようだった。お腹のなかの怒りが燃え盛ったり、熾火《おきび》のようになったりする。火の粉には悲しみとちっちゃな希望が混ざっていた。

敷島の去った草はらに立ち、芙実は一度、トンボを切った。

高校に落ちたら、働く。三年後、自衛官候補生の試験を受けてみる。それがいちばんいいかどうかは分からないけど、現時点ではただひとつの希望に見えた。三年後、試験を受けるのだから「いったん適当な高校に潜り」込むのはお金の無駄だ。そのぶん、青龍に回せる。

芙実は制服のスカートを払い、放り投げていた学校かばんを拾った。敷島の言葉が芙実の胸の内で鳴っていた。敷島はこうも言ったのだ。「小豆沢次第なんじゃない？」と。

橋の下を出て、川のほとりの狭い遊歩道を少し歩いた。橋のたもとの階段を上がり切って振り返る。レンガ色をした浅い夕方の空の手前に、橋の向こうの工場たちが整列している。同じ背丈の煙突から同じ方向に煙を吐きだしている。川の水は重たい抹茶色になっていて、ゆっくりゴミを運んでいた。

うち次第だ、と芙実は思った。うち次第なんだ。

12

青龍は本をリュックにしまった。芙実と同じく、リュックを胸に抱える。空は急速に暗くなっていく。

「まだかな」

青龍は献血ルームを気にしていた。

「お寿司買ってるかもしれない」

芙実が答える。親は、献血をすませたその足で回転寿司屋に寄ることがある。家族のだれかの誕生日のときとか。

「お花も買ってるかも」

お祝いだし、と青龍。鼻を啜って。

「まさか」

花はないよ、と芙実。「だよね」と青龍が応じ、ふたりでクスクス笑う。笑いが引っ込まないうちに青龍がリュックのファスナーを開け、手を入れた。かき混ぜるようにしてから手を抜き、少しふくらんだ封筒を芙実のリュックの上にのせた。

「お祝いっていうか」

言って、ひゃーと胸に抱えたリュックにおでこを擦りつける。

「ありがと」

開けてみたら、フェルトの花が入っていた。青、白、空色の花びらがだんだんちいさくなっていく三段重ねで、真ん中に白いボタン。二枚目の白い花びらから深みどり色の毛糸の縒り合わさったのがリボンの輪のように出っ張っていて、下に垂れている。裏返すと、留め具が不格好に縫い付けてあった。ブローチだ。

「可愛いね。つくったの？」

「それでもいちばんマシにできたやーつ」

青龍はリュックにおでこをくっつけたままだ。「上手、上手」と芙実は肩を青龍にぶっつけて、もう一度お礼を言った。さっそく厚手のグレーのパーカーの胸に付ける。「どうかな」と青龍に見せたら、青龍はリュックからおでこを離し、「ちょっと曲がってる、あと位置もちょっと下過ぎ」と生真面目な顔つきで、ブローチを刺し直そうとした。

芙実が高校に落ち、家族に今後の計画を話したとき、父と母はしばらく呆気に取られた顔をした。なるほどその手があったかというような一種の輝きも浮かべたが、それでも高校に行っておいたほうがよくないかという方向にまとめようとした。芙実は通信ならいつでも行けるから、三年後の試験に落ちたときでも間に合う、と言い張った。

二年後、青龍は高校受験だ。芙実とちがって公立の進学校に受かるだろうけど、万が一の場合に備えて、少しでもお金を貯めておきたかった。もし私立に通うようになってもアタフタしないですむようにしておきたい。

「急展開」

両親が芙実の計画を支持する空気になっていったとき、青龍はそう言って、読みかけの本に目を戻した。

「お姉ちゃんがそれでいいなら、いいんじゃない？」

次にめくるページのはしをつまみながら言ったが、父の「じゃ、まっ、それでいくか！」とあぐらをかいた膝を打つ音と、母の「芙実は黙って、ひとりで、考えていてくれてたんだねぇ」という涙声に掻き消された。

「……こんなもんかな」

青龍が芙実の胸元のブローチから手を離し、顔を遠ざけて、よく見ようとした。

ふふふ、と芙実は笑い、顎を引いてブローチに目をやった。

昨日、卒業式のあと、敷島と話をした。敷島と話をするのは、あれ以来だった。つむぎ、七海、璃子と校舎を出てすぐに別れ、ひとりで橋の下に行った。芙実が高校に落ちたのはおよそ一週間前で、三人とはあまり話をしていなかった。その前から、同じ私立高校に通うことになる三人とはなんとなくの距離ができていたのだが、「定時制？　通信？」と今後の進路を訊ねられ、「働く」と答えたら、「マジか！」と六つの目を丸くひらかれた。「なんかウケるんだけど」とつむぎだけはいつものように拍手笑いをし、「卒業したら芙実におごってもらおーっと」と言って、芙実のきもちを軽くさせた。

待ち合わせたわけでもないのに、敷島は先に橋の下にきていた。芙実を見て、卒業証書の紺色のファイルを団扇《うちわ》のように振った。

「おめでとう」

歩きながら、芙実が言った。高等工科学校に合格した敷島は、卒業式の日に坊主頭にしてきて、クラスの話題をさらっていた。適当な位置で芙実が止まると、敷島が声をかけた。

「そっちは残念だったな」

「でもないけど」

「でもないんだ」

「とりあえず結果分かって、スッキリしてる」

「おれもだ。とりあえずスッキリしてる」

こっからだけどな、始まるのは、と付け足し、口元を引き締めた。坊主になってみると、敷島は意外と顔がちいさかった。額の生え際にいくつかニキビがあった。濃く長い眉毛の下に切れ上がったような目があり、目は、白目の分量が多かった。

「うち、十八になったら例の試験受けるよ」

「あ、そう」と敷島。

「でも、それは、うちの長所がほんとに『なんも考えずにリーダーの指示にしたがってキビキビ動ける』だったらで」

時間が経ち、敷島の言葉を反芻するうち、芙実はそこの部分にもっとも反発を覚えたことに気がついた。その通りかもしれないが果たしてそれは長所なのだろうか。それを、うちの「よいところ」のひとつとして数えていいのだろうか。

そんな問いが消えなかった。

いくら芙美だって、いつもなんにも考えないで人の言いなりになっているわけではない。直近では、公立高校に落ちたら働いて、三年後に自衛官候補生の試験を受けると自分の頭で考え、決断した。家族と学校のリーダーである親と先生の指示にしたがったのではない。ひとりで考え、ひとりで決めたのだ。

でもこれが「よいところ」になりうるのかどうかが芙美には謎だった。「よいところ」でなかったら一気に「悪いところ」になりそうで、なんとなく怖い。だいぶそれたことをしてしまった、と思いそうになる。今回はたまたま周りが応援してくれたが、そうでなければ「歯向かう」感じになっただろう。立場が上の人らに「歯向かう」のは半グレや意識高い系の人のやることだ。芙美みたいなモンがやっていいことじゃない。

「分かんないけど、そこがなんかモヤモヤすんだ」

芙実は胸をかき混ぜるような手つきをした。フクイ・サプライで働く三年間で答えが出るかもしれない、と思う。出ないかもしれない、とも思うし、毎日働いているうちにどうでもよくなったりして、と思ったりもする。ややこしいことはとっとと忘れてしまいたい自分が、芙美のなかにいた。それより大事なのは手を動かすことと言いたい自分だ。

「おれはそのへん、すでに割り切ってる」

敷島は卒業証書ファイルで首筋をトントンと叩いた。

「おれはできるだけなんにも考えずにウエの指示にしたがってキビキビ動くよ。ひとまず、そう決めたんだ。おれが決めたんだから、おれ次第だ」

「うちもうち次第でいこうと思って」

「ほう」

敷島は首筋にあてていた卒業証書ファイルをゆっくり持ち上げ、芙実に差しだした。

「交換しない？」

なにかの記念に、と坊主なのに長い前髪を左に流すように頭を動かした。

「いいね」

芙実は敷島の頭の動きを真似し、「いじってんじゃないよ」と言われながら、卒業証書を交換した。

13

芙実と青龍がいるのは駅前広場だ。橋上駅舎というもので、真上から見ると、駅の入口から三方向に歩道橋が延びている。

芙実と青龍が腰かけているベンチは、デサントのマークでいうと真ん中の下向き矢印にあり、位置でいうと、上の横棒、つまり駅の入口にいちばん近い。目の先のベンチでおしゃべりしていた歳を取った女の人たちはもういなかった。長く延びる歩道橋に点在するベンチに腰を下ろす人はほとんどなく、向こうのほうにカップルが一組いるきりだ。

まだ夜になり切っていない夜の空を見上げてから、芙実は視線をやや下げて、歩道橋を見やった。カップルのその先に階段がある。父と母が献血から戻ったらあの階段を降りて、買い物をし、いつものカラオケ屋に行く。

乱暴な音を立てて、男が階段を上ってきた。若そうだった。異様に細いからだをしている。長い手足をばたつかせて、泳ぐように走り、こちらに向かってくる。続けて男がまた一人、階段を駆け上がってきた。「待てこら！」と叫んでいる。こちらも若そうだった。大きなからだをしている。もう息が上がっていた。短い首を肩にめり込ませ、荒い息混じりに「待てっつーの」と呼ばわると、異様に細い男が足を止めた。蚊のように欄干に張り付き、大きな男が近づくと、また駆けだす。真っ直ぐではなく、ジグザグだった。肩にかかる長髪をバッサバッサとひるがえし、ゴム紐みたいな手足を無駄にダイナミックに動かして、芙実たちに向かって駆けてくる。速い。え、え、と思う間に芙実たちの横を駆け抜けた。振り返って行方を追うと、駅の入口でピタリと止まった。壁にからだをくっつけて、追いかけてくる男を見ている。

「そのままだぞ、そのまま、そのまま」

大きな男は怒鳴りながら太鼓腹を突きだして、芙実たちの横を通り過ぎた。準備不足のマラソン選手みたいにバテている。太い腕を伸ばしていて、指先が壁で待つ男に触れそうになったところで、異様に細い男が駆けだし、改札を抜けた。

大きな男はうなだれて、小山のようなからだを折り、両膝に手のひらをあて、ゼエゼエ息をした。もう追いかける気は失せたらしく、しばし息を整えることに専念したが、中年の男の人に声をかけられたらしく、大声でしゃべりだした。

「あいつはおれの大事なものを奪ったんだ。間違いないんだ、あいつが犯人なんだ。おれ頭悪いからさ、いつ盗られたかとか、なに盗られたかなんて憶えてないんだけど、でも大事なものだってことは憶えてる。おれの頭だってそれくらいは分かるんだ。なんでかっていうと、おれの大事なものだからなんだよ。すごく大事な、おれだけのものが、気がついたら無くなってたのさ。すぐ分かったよ、あいつが奪っていったんだ、だからあいつは逃げんだよ。ほら、ほら、だからあんなに逃げるんだ」

中年の男の人は、気の毒そうに、ゆっくり何度かうなずいて、その場を離れた。それでも大きな男はがなり立てた。同じことを繰り返し遠吠えのように高く喚いた。

すると、

「だ、ん、ぜ、ん！」

青龍が目を輝かせて叫んだ。湯気が上がっているように頬が紅潮している。こぶしを握り、それを焦れったそうに振り回して、息巻いた。

「すごい日だ！　ぼく、書くよ、これをノートに。そして持ちだし袋に入れるんだ！」

「持ちだし袋？」

「非常用持ちだし袋！」

芙実は首をかしげた。ついさっきまで芙実は青龍を抱きしめるようにしていた。緊急事態だった。あの男たちは二人ともまともではないように見えた。芙実は、なにかの加減でとばっちりを食わないように、青龍を守ろうとした。青龍はされるがままにしていたが、大きな男が喚きだしたら、芙実の手を大急ぎで振りほどいた。固唾を呑んで聞いていたが、大きな男が繰り返すたび、興奮してきたようだった。挙げ句、よく分からないことを叫んでいる。

「それにノート入れてるの？」

「そう！」

「ノートって、あのノート？」

読んだ本の好きなところを書くノート。

「そう、それ！」

芙実が次に言うことを考えていたら、父と母が戻ってきた。

「今ね、変な人たちがいて」

芙実が説明しようとしたら、父が「なんにもなかったか？」と遮《さえぎ》った。

「なんにもなかったけど、でも」

「ならよかった」

父はうなずき、「このへんも物騒になったなあ」とあたりを見回した。釣られて芙美も右から左へと首ごと視線を動かす。

黒い空が広がっていた。もう青みなんてどこにもなかった。あちこちで街灯が白く丸い光を落としている。そこを通る人の顔に陰がつく。笑った顔も疲れた顔も、一瞬、ひとしくおばけに見える。夜だ。いつのまにか、すっかり夜になっている。また見逃した、と芙美は思った。でもそんなに悔しくなかった。

「行くか」

父が号令をかけた。母は手に提げた回転寿司屋の袋をちょちょっと指差し、「豪華にしたよ」と微笑した。青龍はリュックを背負い、立ち上がっていて、普段通りの顔つきで駅の改札口を少しひらいた視線で見つめていた。いつまでもそうしていそうだったが、大きな男はもういなかった。

みんな夢のなか

1

蟹江立夏《かにえりつか》は児童公園の入り口で足を止めた。後ろの二人も立ち止まった。小学校低学年の男児と、猫背の中年男性だ。立夏に連なり歩いてきていた。

立夏は二人を振り向いて、ジャングルジムを指差した。飛行機のかたちをしていて、その児童公園のシンボリックな遊具である。テニスコート三面ほどの敷地の中心に位置している。

「なんかびっくりした！」

男児が声を上げた。目を丸くして中年男性を振り向き、ジャングルジムを指差す。

「うん、なんか驚いた」

中年男性は口元をゆるませた。男児と同じくジャングルジムを指で差す。ちょっと顎を上げ、立夏へと視線を伸べた。男児も立夏へと視線を移す。

「なんか、突然、現れたって感じしなかった？」

立夏は二人に向かって腕を伸ばした。人差し指で今きた道をなぞってみせる。一本道だったから、向こうからこちらへと引っ張ってくる動きになった。公園側には大きな桜の木が並んでいた。どの桜も今を盛りと咲きこぼれている。

「なんにも見てなかった！　なんにも見てなかった！」

男児がちょこまかと足踏みをした。それから足を前後にひらき、上半身をやや倒した。大きなモーションで公園外周に植えられた満開の桜と、ジャングルジムを確かめて、「知らなかった！」と大声を発し、「知ってるけど、知らなかった」と発し直すやいなや「公園がここにあるってずっと前から知ってたのに、さっきまで全然知らなかった」と更に訂正し、猫みたいに首をかしげた。眉間に皺が寄っている。思ったことの半分も言えていないという表情だ。

「分かるよ、あっくん」

中年男性は男児に相槌を打った。優しく穏やかなトーンで続ける。

「ぼくもおんなじきもちだもの」

ほとんど白髪の長い前髪を掻き上げながら、

「桜も公園も見えていたはずなのに、なぜか見ていなかった。すごく不思議だけど、でも、そういうことって、なぜかよくあるんだ」

と公園を見回した。

「そうかもね」

立夏はうなずき、思い立ったように中年男性をよく見た。

柔らかそうな白髪の毛先に薄い茶色のボカシが入っている。白髪染めの名残りだった。メイクブラシ、と連想がくる。立夏の使っているメイクブラシセットの毛もちょうどあんな色づかいだった。分け目から覗く頭皮が桃色をしているのにも気づいた。おじいさんみたいだ、と思う。白髪の高齢者の地肌は、たいてい、赤ちゃんの歯茎みたいなピンク色をしている。

今年四十。立夏の頭に中年男性の歳が浮かんだ。まだ四十か、とトートバッグを掛け直す。三十六、と立夏自身の歳を口のなかでつぶやき、手持ち無沙汰につま先で地面をほじくり始めたあっくんのぼんのくぼに視線を落として、六月で八歳、とホールケーキに蠟燭を立てるように思った。明日は始業式。小学二年生になる。

「ちょっと寄ってく？」

目で公園を指し、あっくんに声をかけた。

「うん」

とあっくん。同時に、

「あ、じゃ、ぼくはここで」

と中年男性。早くもちいさく手を振って、その場から離れようとする。ここから最寄り駅までは歩いて十分もかからない。公園内の公衆トイレ側の道路を真っ直ぐ進めばロータリーに出る。右からでも左からでも半周歩けば駅の南口だ。お蕎麦屋さんのあるところ。

「いいじゃない、少しくらい」

立夏はかすかに笑って、

「あっくん、逆上がり得意なんだよ」

ね、とあっくんにうなずきかけたら、

「空中逆上がりもできる！」

とあっくんが胸を張った。

「これがめっちゃ華麗でね」

体操選手みたいなんだ、と立夏が中年男性に言うと、あっくんは小鼻をふくらませて「連続もできるよ、最高記録いちおう三十回、や、三十一回だったかな」と中年男性の腕を揺すった。「えっ、そんなに？」と驚く中年男性を「よゆう、よゆう」と鉄棒まで引っ張っていく。

立夏は二人の背中を眺めた。目に映っているのは、レンガ色のハーフパンツとセットアップのぶかぶかTシャツの裾を風になびかせ弾むように駆けるあっくんと、へっぴり腰で引きずられるマドラスチェックのシャツにキャメルのベストを合わせた中年男性だ。「息子と元夫」、「息子とその父親」。二通りの呼び方を思い浮かべ、「あっくんとゾウおじちゃん」に落ち着いた。うん、それがいちばんしっくりくる。

うなずいて、児童公園に入っていった。

2

立夏が離婚したのは産休中だった。理由は夫の不貞である。

発覚したのは妊娠二十六週目に入る少し前だった。結婚三年目の三月最初の土曜日、夫がトイレットペーパーホルダーの天板にスマホを忘れて出勤したのを、立夏が見つけ、ロックを解除したのだった。夫婦のパスワードはお互いの誕生日。永遠の愛を誓うようなきもちで、甘やかな笑い声をまぶしながらその番号を設定したものである。

予備校講師の夫の相手は、生徒でも卒業生でも事務員でもなく、向かい側のビルの一階に入っている花屋のパートだった。立夏より少し歳上の既婚女性。夫とは学生時代の知り合いで（サークルだかの飲み会の帰りに、ちょっと、あったらしいのだが）、十なん年ぶりで再会し、本格的に燃え上がったらしい。

夫と相手は互いの奥底から溢れだす熱い情熱を啜りあうような関係だったらしく、そんな思いを惜しげもなく（恥ずかしげもなく）ＬＩＮＥでぶつけあっていた。串カツと四葉のクローバー、それぞれのアイコンからの吹きだしには、死んでもいい、

死んでもいい、の言葉が連なっていた。

立夏は烈《はげ》しい感情に揺さぶられた。目の奥が鋭く痛み、そこから線が何本も伸びていき、脳内のすみずみにまで分け入って、電気が走り、あちこちでショートし、火が爆《は》ぜるようだった。

実のところ、夫が隠しごとをしていることには気づいていた。なにがどうというのではないのだが、ふとしたときの夫のようすに、めんどりが卵を抱くような気配があった。

思い余って友人に相談したりもしたが、決定的な証拠がないのだから特にこれといった意見は出なかった。せいぜいが「気のせいなのでは？」とか「そんなに気になるのなら夫さんに確かめてみたら？」といったもので、しまいには「幸せすぎて退屈なのでは？」とか「エンタメで心配してるだけなんじゃない？」とか「アホくさ」などと呆れられたりした。

それで、立夏はこころが軽くなった。立夏としてはそれでよかった。ただちょっと気になるだけ、興信所に駆け込むとかそういう本気のではなかったのだ。

だから、まさかほんとうに夫に相手がいるとは思わなかった。ただいるだけではない。こんなにも切羽詰まった状態に至っていたとは思いもしなかった。

これはもう本気のやつだ――。そんな言葉がサイレンを鳴らして猛スピードで近づいてくる。カンカンカンと警鐘も聞こえる。赤色灯を回転させて現場に駆けつける消防車の映像が眉間に迫り、こめかみがじんじんした。身の内で怒りが轟々《ごうごう》と唸りをあげる。眉毛が逆立つようだった。「気のせい」などではなかったのだ。友人に呆れられ、あっけなくホッとして、えへへと照れ笑いを浮かべていた自分が愚かすぎて震えてくる。

一時間ばかりかけて実家に出向き、親にぶちまけた。怒りはまだ収まっていなかったものの、冷静さを装うことはできた。でも、あらましを話していたらまた昂《たかぶ》っていった。涙を拭き、はなみずを啜り、よだれをぬぐいながら、真向かいのソファに並んで座る親にこどもの頃みたいに一生懸命訴えているうち、夫と別れるつもりだと口走っていた。

「え」

それまでは黙って娘の訴えを聞いていた父と母、思い思いの考えをめぐらせているような顔つきをしていたのだが、口をひらいたと思ったら、なんのことはない、同じ意見だった。

我慢しなさい、と父が言い、続けて母が我慢しなさい、とやまびこのように繰り返した。それから親は交互に娘をこう戒めた。短気を起こしちゃいけないと。時が解決するんだと。多かれ少なかれ夫婦なんてそんなものだと。さらに妊娠七ヶ月の腹部に目をやり、だってもうどうしようもないじゃないの、うん、どうしようもないな、とため息をついた。せめて気づくのがもう少し早かったら、いっそ気づかないままだったらよかったのに、と目と目を見交わし、おまえはこどもの頃からそうだった、そうよ目はしがきいているように見えて肝心要のときにかぎってぼんやりするんだから、と二人揃って立夏に向かって口を歪めた。

なにそれ、なにそれ、なにそれ。立夏の怒りはいよいよ沸騰した。あたしはだれにも大事にされてない、あたしを大事にしてくれる人はどこにもいない、という悲しさや寂しさめいた恨み言がふくらみきったあげく反転した怒りだった。

憎しみも加味されて沸き立ったが、どちらの感情の矛先も夫とその相手、そして親だけに向いているわけではなかった。立夏自身にも向かっていた。悲哀や憐憫も足されて立夏の胸をいっそう疼《うず》かせた。

あたしはただ穏やかな毎日が欲しかっただけなのに。あんなに幸福だったのに。感傷的な言葉が迫り上がってくる、と同時に思い出たちが噴き上がった。

たとえば陽性反応を示した妊娠検査薬のスティックをラッピングして、夫にサプライズプレゼントした場面。「ほんとうに？」と訊いてきたときの喜びに溢れた夫の目。うなずくと、「ありがとう！」と抱きしめられたこと。妊婦健診を受けるたびにもらってくるエコー写真に肩寄せあって見入るひととき、などの短尺動画が次々と脳裏をよぎった。その合間を縫って、出会いのシーンが風になびくように流れていく。

　夫は友だちの知り合いとして紹介された。「いいダンナになれそうなタイプ」という触れ込み通りの、真面目そうで温厚そうな人だった。立夏がいいなと思ったのは「モテなくはなさそうだけど、スレてなさそう」なところ。彼は、挨拶するとき、「初め」で声が裏返った。何度か咳払いし、恥ずかしそうに「初めまして」と言い直した。立夏は思わず微笑した。どこまでも続く一本道のイメージが浮かんだ。青空に向かって真っ直ぐ伸びる北海道かどこかのカントリーロード。そんな道を一緒に手をつないで歩いていけそうな人だと直感した。

　付き合うようになっても、その印象は変わらなかった。肌あたりの柔らかな温泉に浸かっているような心地である。その心地は結婚してからも変わらなかった。絵に描いたような、穏やかな結婚生活だった。

　時間が経つにつれ、夫は立夏が「こうだったらいいなぁ」と思う夫像に重なっていった。それは立夏と夫が、「ああいうふうになれたら素敵だなぁ」と思う夫婦像に重なっていくのと同じだった。

　縁側で日向ぼっこしている老夫婦の画が立夏の胸にいつもあった。ふたりで力を合わせて山あり谷ありの人生を歩んできたからこそ醸しだせる滋味深いムードが、立夏は好ましくてならなかった。中学生とかそのくらいの歳からずっとだ。そういう夫婦に、恋愛よりも強く惹かれた。なにもかもすっ飛ばして、あのムードを醸しだせる老夫婦になりたい。

そういう意味でも夫は理想的な相手だった。

でも間違いだった。彼は立夏の思っていた通りの人ではなかった。

彼は立夏の理想の夫像をなぞっていただけだったのだ。


その日、夫はいつものように、ただいまー、と帰宅した。立夏はもったいぶった足取りで玄関に行き、三和土《たたき》に立っている夫に向かって彼のスマホをよく見せた。

「どういうこと？」

そう訊く声はもうハウリングを起こしたように割れていた。慰めてくれるとばかり思っていた両親に理不尽な戒められようをされ、忿懣《ふんまん》やるかたなく実家から戻った立夏は夫の帰りを待ち構えていたのだった。

「どういうことよ」

夫は、ごめん、とうなだれた。

ごめん、すまない、申し訳ない。謝罪の言葉を繰り返すうち、声に力がこもってきた。目にも光が戻ってきた、と思ったら、彼女への慕る思いと既婚者としての苦悩を訴えだした。彼が彼女と再会したのは、結婚して最初の給料日に、きみに薔薇でも買って帰ろうとして花屋に寄ったときだったと役者のように額に手をあてがった。どうも彼は彼女にたいしてのみ誠実でありたいようで（神にでも誓っているようで）、そんな態度が見え隠れした。

立夏は驚き、呆れ、傷つき、悲しみ、怒りではち切れそうになりながらも、頭のどこかでガラスが粉々に砕ける音が聞こえていた。

なにを言ってももうだめなんだと分かっていながらも彼を責める言葉がどんどんと口から溢れでて、止められなかった。

あんなにうまくいってたのに。なにもかもあんなに。そんな思いが胸の内でとぐろを巻いた。赤ちゃんを授かるところまでは完璧だった。あたしたちは穏やかな幸福のなかにいた。縁側で日向ぼっこしている未来から振り返ってみる優しい思い出のなかにいるようだった。

なのにどうして、と叫びたいきもちである。いや、実際、叫んでいたのかもしれない。喉が焼けつくように痛かった。

彼はしばし勢いに圧《お》されるだけだったが、立夏が一息ついたら、押しあてられていたスマホをうるさそうに払った。スマホが三和土に落ちて、ものが壊れるような音が立った。彼はそれに一瞥をくれてから、靴を脱ぎ、上がり框《かまち》に足を乗せ、ふん、と鼻を鳴らした。冷たい黒目で立夏を睨み「おまえだって」と肩をそびやかしたのである。

「おまえだって、陰でなにをやってるのか分かったもんじゃない。それ、ほんとにおれの子か？」

　夫は、リビングまでの廊下を歩きながら、立夏が三白眼のイケメンと夜のコインパーキングでいちゃついていたのを知っていると言った。偶然見かけた高校からの友人が動画を撮ってくれたそうだ。三白眼に耳元でなにかささやかれた立夏が喉を反らせて笑い、やだもう、と口を動かし、そいつに回し蹴りをする振りをしながらツーシーターのスポーツカーに乗り込むのが映っていたらしい。

「去年の九月のアタマですよ。おまえが同期会で遅くなるって言ってた日」

　と彼は通勤リュックを肩から下ろした。ソファの背面にもたせかけ、まだ玄関で立ち尽くす立夏を振り向く。

「ふたりだけの同期会だったってわけだ」

　計算も合うんだな、これが、と指を折ってみせた。

「はぁ？」

　なに言ってんの、なに言ってんの、なに言ってんの。立夏は彼にむしゃぶりついていった。彼の青いストライプのシャツの襟を両手で摑み、その背をリビングの壁に押しつけた。

「そんなのたまたまじゃん、たまたま方向おんなじだから送ってもらっただけじゃん、てか盗撮なんだけど」

「盗撮？」

彼は目を見ひらき、

「友情ですよ」

親友がぼくのために撮ってくれた、ただそれだけなんだけど、と吐き捨て、立夏の手を力ずくで外し、息を吸って、怒鳴り返した。

「そっちこそ人のＬＩＮＥ覗き見した奴が盗撮盗撮ってどの口だし、よう言うわだし、完全に盗人猛々しいだし、こっちはやっぱり托卵する奴は腹が据わってるって思わざるをえないわけで」

鼻から太い息を吐きだし、「こんなこと言わせるなよ」と腕を組んだ。

「こっちがどんだけ『気のせい』とか『考えすぎ』と思いたかったかって話。一応こっちに弱みじゃないけど恋愛してるって事情があるから、罪悪感っていうのかな、そういうので――」

立夏は彼の頰を張り飛ばした。

「なにその言いぐさ！」

好き勝手過ぎるんだけど、と反対側の頰も打つ。

「腹立つ！　腹立つ！　腹立つ！　こっちはアンタとしかやってないんだけど」とまた反対側の頰も打った。「アンタ挿れたし、で、出したし」と叫び、「てかなんで中出ししたのかなぁ？　運命の女がいるのにさぁ！　そんなときだけツマ扱いして、これもオットの義務ですとか思ってんじゃないっつーの」と吠えた。喉が裂けるかと思った。

夫婦の修羅場は夜明け頃フェードアウトした。疲弊したのだ。頭もこころもくたくたで、気力も集中力も著しく低下した。立夏と夫は寝室とリビングのソファで横になった。二、三時間後に顔を合わせたときには、すでに離婚が決定事項になっていた。そんな気配が充満していた。では、という空気が自然発生し、離婚に向けての話し合いがスタートした。

立夏はなんとしても出産するまでに別れたかった。立夏と生まれてくるこどものあいだに、「それ、ほんとにおれの子か？」と難癖をつけるような男を入れたくなかった。そんな男とは家族になれないし、なりたくもない。運命の女にノシをつけてくれてやる、二人してせいぜい世間を敵に回すがいい、などと頭に血がのぼっていたのだが、話し合いを始めたら落ち着いていった。

ドラマでいうとシーズン２に入ったような感覚だ。

それはそれとしてもらえるものはもらわないと、という意気込みめいたものが芽生えた。慰謝料も養育費ももらって当然、というか、向こうには支払う義務がある。その条件としてＤＮＡ親子鑑定を求められるかと思ったが、向こうが要求したのは生まれてくるこどもとの定期的な面会だった。離れて暮らすことになっても親子には交流する権利があるんじゃないの、というのが、向こうの言い分である。

「親子？」

立夏が訊き返すと、

「うん、親子」

というちいさな声が返ってきた。向こうは向こうでクールダウンしたらしい。立夏に蒸し返される前にあれはあくまで興奮のあまりつい口走ったまでで、本気で疑っているわけじゃない、と弁解した。立夏のお腹めがけて「それ、ほんとにおれの子か？」ときたならしい言葉を投げつけてきたことだ。ゆっくりと頭を下げる。

「そうなの？」

立夏が訊くと、

「もちろん」

と答えた。

「きみはそんな人じゃない」

と立夏の目を真っ直ぐに見た。憑き物が落ちたような顔をしている。どこがどうというのではないけれど、ピーリングをしたあとのようだ。

きっとあたしも似たような顔をしているのだろうと立夏は思った。なぜなら、こんな言葉が口をついて出てきたからだ。

「あたしも、ちょっと、言い過ぎた」

ごめんなさい、と目を伏せて、気がついた。彼が謝ったのは立夏とお腹の子への冒瀆《ぼうとく》についてだ。諍《いさか》いの端緒となった彼女との恋愛についてではない。なるほど、それはそれなのか、改めて謝る気はないんだな、と立夏は思った。ふぅーん、という感じだった。自分も似たようなものかもしれないし。

離婚が成立して一年も経たずに元夫は運命の女と再婚した。こちらの離婚後間もなく彼女も離婚したそうだ。こどもはいなかったと聞いた。彼らは再婚後もこどもは持たなかった。どうやら彼女の意向らしい。(元夫の)こどもはあっくんただ一人、としたいようだった。元夫も同意のようで、あっくんに愛情をそそいでいる。

元夫は、あっくんがトイレを教えられるようになった三歳前後から、月に一度、面会にくる。最初は立夏を交えた三人でファミレスやら遊園地やらで一時間ばかり過ごしていた。あっくんが元夫に慣れ、元夫も幼児の扱いに慣れたのを見計らって、立夏は面会に立ち会うのをやめた。

入れ替わりに加わったのが元夫の妻である。あっくんは彼らによく懐いた。彼らが住んでいる雑司ヶ谷《ぞうしがや》にちなみゾウおじちゃん、ゾウおばちゃんと呼んでいる。単にゾウさんたちと言うときもある。親戚みたいな人たちと思っているようだ。あるいはサンタさんの一種のような。会うと、今日は特別、と美味しいものを食べさせてくれ、ちいさなプレゼントをくれる人たちとの認識である。あっくんがまだたどたどしい口調で語る「こないだキミドリ色の折り紙でカエルを折った話」などを楽しそうに聞いてくれる人たちでもあるらしい。

ゾウさん夫妻は二人ともぷくぷくと太っていった。顔つきもゆるんでいって、外出時でも毛玉のついた茶系のカーディガンや黄ばんだ襟のカットソーを着るようになった。「余生を送る人たち」そのもののすがただった。

面会の日、ゾウおじちゃんは立夏の実家まであっくんを迎えにくる。電車を乗り継いで一人できていたのだが、やがてゾウおばちゃんの運転するシャンパングレーの軽自動車で送り迎えするようになった。立夏は、ゾウおじちゃんに送り届けられるあっくんを、玄関先まで迎えに出る。そのとき、運転席に座ったままのゾウおばちゃんと窓越しに会釈し合う。立夏はいつも、あら、というふうな表情で、かすかに頭を下げた。ゾウおばちゃんはいつも肩をすぼめて、どうも、と口を動かした。その申し訳なさそうな、困ったような表情は、「またね！」とあっくんに手を振ったあと、立夏に向けるゾウおじちゃんのそれとよく似ていた。

ドラマでいうとシーズン5か6かたぶんそのくらいで、それ以前のシーズンの記憶は疾《と》うにぼやけていた。とはいえ離婚した年は忘れない。あっくんの年齢と同じだからだ。あっくんのお誕生日にバースデイソングを歌うと、「あれから○年……」というような感慨めいたフレーズが立夏の胸をよぎる。大人っぽいな、と思う。酸いも甘いも嚙み分けた大人みたいなんだけど、あたし。

3

あれから八年――。

立夏は児童公園のベンチに腰かけ、あっくんと元夫へと視線を伸ばした。

あっくんは元夫に抱えられ、三つ連なった鉄棒の、一番高いのにぶら下がったところだった。元夫が離れると、あっくんは懸垂みたいな動きで自分のからだを引き上げた。肘を曲げたまま両足ごとお腹を鉄棒に引きつけて、腕の力でゆっくりとお尻を上げていく。棒を巻きつけるようにしてくるりと回転、腕を伸ばし、鼠蹊《そけい》部のあたりを棒に密着させた。「すごい、すごい」と口を開けて拍手する元夫に、にっと笑いかけ、「いい？　数えててよ」と大声を出す。「オッケー」と元夫が応じるのを合図に両足を振り、その勢いでまた回転した。

「いーち！」

元夫が数え始める。

「にーい、さーん、しーい……」

元夫の誇らしげな声が児童公園に広がる。ブランコやジャングルジムで遊んでいたこどもたちの視線が連続空中逆上がりをしているあっくんに釘付けとなる。一人、また一人と鉄棒付近に集まってきて、「じゅーいち、じゅーに」と声を合わせた。

あっくんは今でも元夫をゾウおじちゃんと呼んでいる。ゾウおじちゃんが自分の父親だとまだ知らない。

4

「お父さんは？」

不意打ちのように訊かれたことがあった。あっくんが四歳のときだったと思う。

一瞬フリーズした立夏にあっくんが重ねて訊ねた。

「えっとー、あっくんのお父さんは？」

「お母さんがいるでしょ」

立夏は答えた。息を継いで、

「じぃじもばぁばもいる。うちはね、そういうパターンなの。お父さんがいなくて、お母さんとじぃじとばぁばとあっくんの四人家族パターン。家族ってね、いろーんなパターンがあるんだよ」

と続けたら、あっくんは「フゥン」とうなずいたのだが、少ししてから、また訊いてきた。

「ゾウおじちゃんとゾウおばちゃんが、あっくんのほんとうのお父さんとお母さんなの？」

あっくんにしても思い切った質問だったらしく、硬い表情をしていた。どくん、どくん。あっくんの心臓の音が聞こえてきそうだった。

「まさか！」

立夏は大声を発した。わっはっは、とお腹を叩いて笑い飛ばし、

「あっくんはお母さんのこどもだよ」

とあっくんを抱きしめたものである。そのときのあっくんの背中の手触りをよく憶えている。瞬時に強張りがとれ、柔らかくなった。あっくんは、ふうっ、と、大きく息をして、立夏の耳に「なぁんだ」とつぶやいた。

安心と落胆の入り混じった「なぁんだ」だった。おそらくあっくんは、美味しいもの食べ放題、欲しいもの買ってもらい放題、つまり甘やかされ放題にしてくれる、ゾウおじちゃんとゾウおばちゃんとの時間が毎日続くといいなぁというような、でもそれだとお母さんと会えなくなってすごくいやだというような、そんな複雑なきもちだったのだろう。

少なくとも、元夫とその妻から吹き込まれたとは思わなかった。たとえ冗談でも、あの人たちはそんなことを言わない。自然と、そう信じられた。それが少し不思議だった。まるで過去のなにもかもをすっかり水に流したようで、落ち着かないきも

ちになった。

そうではないのだ。すべてなかったことにしたわけでも、立夏が浸っていた穏やかな幸福をぶち壊したあの人たちの罪を咎めないことにしたわけでもない。かといって一生ゆるさないと誓ったのでもない。強い意志をもって、なにかを決めたのではないのだ。でも、引きずったりもしていない。つまり。

忘れたわけじゃないけれど、特に思いだしたりはしない、ということ？

やっぱり、少し、不思議だった。

あれほどの激情に駆られたのは初めてだった。離婚、そして独身に戻っての出産、子育ては、立夏の人生を変えた一大事だ。強烈な記憶として一生残っていていいはずなのに、もうこんなにぼんやりしているのはなぁぜ？　と首をかしげたくなるような気分。まるで八年前のニュースを眺めているみたいだ。どれほど世間の耳目を集めた事件だって、あっという間に風化する。それが自分の人生でも起こるのが、なんともへんてこりんな感じである。

どこまでも続く一本道のイメージが胸に浮かんでくる。

青空に向かって真っ直ぐ伸びるカントリーロードだ。立夏は、あっくんと手をつなぎ歩いている。時間が経てば、あっくんは立夏と分かれ、別の道を歩いていくだろう。

些からんぼうな考えだけど、元夫も同じようなものである。

かつて立夏と一緒に歩いていた元夫は、別の道を選んで行った。彼女との道だ。彼女は彼女で（彼女の）元夫と歩いていた道から、（立夏の）元夫と歩む道へと移っていった。

そもそも立夏だって両親と分かれて別の道に行ったのだし……と、自分と関わりのあった人々とのくっついたり分かれたりする何本もの道を想像していったら、地べたがふやけ、細くてちいさな川になった。こんこんと水が湧き、いく筋もの流れがくっつきあって大きな川になる。立夏もあっくんも元夫も彼女も親も友だちもみんなみんな大きな川の水に押し流されている、そう思ったら、「時が解決するんだ」というフレーズが耳の奥で鳴った。

親に言われた言葉だった。元夫の不貞を知り、妊娠二十六週目に入る少し前のからだで実家に駆け込み、夫と離婚すると口走った日。我慢しなさい、短気を起こしちゃいけない、時が解決するんだから、多かれ少なかれ夫婦なんてそんなものだと戒められ、全身の血が逆流するほど憤ったものだが、それもまた、立夏のなかではすっかりぼやけていた。立夏だけではない。親のなかでもぼやけているようだった。

離婚後、立夏は実家で暮らしている。娘と孫との四人暮らしがたいそう幸福らしく、人間万事塞翁が馬だの禍福は糾《あざな》える縄のごとしだの要は「逆によかった」みたいなことをしょっちゅう言う。

立夏もそう思う。実家はやっぱり気が楽だ。長きに渡って共働きの両親は休日に平日の食事の用意を回す段取りを始め、食後の片付けや掃除洗濯ほか、見えない家事に至るまで、二人で時間をかけてシステム化していた。立夏とあっくんはそこに新しいピースとして加わればいいだけだった。

親はほぼ隠居の状態になっていた。父と母の二人三脚で経営していた動物病院は、二代目である息子(立夏の兄)の手により法人化され新しいビルに移転され、大型センター化されたのである。大規模な治療センターで経験を積んだ兄はなかなかのやり手で、広い人脈を持っていた。お昼のラジオ番組では曜日別のレギュラーをつとめているし、たまにテレビの動物番組にも出演する、ちょっとした有名人だから、病院経営は順調だ。

親は、おじいちゃん先生とおばあちゃん看護師として昔馴染みの年老いたどうぶつたちのみ診察している。診察室はセンター一階待合室に併設されたカラフルなキッズコーナーの向こうにあるちいさな個室だ。ラベンダー色の扉におじいさんとおばあさんのフリー素材のイラストが貼ってある。そんなに忙しくない。最近では月に一件予約が入るかどうかで、病院から連絡がくると親は「ボケ防止、ボケ防止」と出かけていく。夜七時前後の帰宅になったときなどはドーナツやケーキを買ってきて、玄関ドアを開けるやいなや「あっくーん、いいのあるよー」「おいしいのだよー」と声をかける。

親にとって、娘と孫との幸福な四人暮らしがすっかり日常になっていた。

八歳になり、少年みの出てきたあっくんを目の当たりにして、やっぱり父親が必要とか、おまえだってまだ若いんだし的なことを口にするようになった。そして娘の再婚の暁にはマスオさん状態が望ましいと遠回しに提案してくる。どちらの顔にも老人っぽい弱気さや頑なさやずるさが肝斑《かんぱん》みたいに現れた。

立夏の胸に、とある休日の午後の風景が短尺動画になって風のように吹き抜ける。父がアイロンをかけ、母がリビングボードのゆるんだネジをドライバーで締め直し、散髪ケープをまとったあっくんの髪に立夏がハサミを入れる――。

まごうかたなき穏やかな幸福。でも決して永遠には続かない。いつか分岐点はやってくる。死か、それ以外の理由で、あたしたちの道はかならず分かれる。

5

立夏は鉄棒に目をやった。

あっくんは鉄棒から降りていた。ギャラリーが見守るなか、元夫に、手のひらを見せている。たぶん、手が滑ったとか、マメが痛いとか言っているのだろう。元夫もギャラリーもうんうんとうなずいている、そのときだ。

「あっくんママ！　あっくんママじゃない？」

すごく明るい声がして、立夏は顔ごと視線を移した。懐かしい呼ばれ方だった。最近ではめったに呼ばれない。せいぜいあっくんが保育園児だった頃のママ友に会ったときくらい、と思いながら、真向かいに立つ同い歳くらいの女性を眺める。

「あ」と口がひらく。

「……もしかしてうーちんママ？」

訊ねながら、胸の内では、感じ変わった、と思っていた。まず髪。黒にしている、漆黒だ。しかもストレート。メイクだってナチュラル寄りで、表情も穏やかで、全体的にゆったりしてる、って、ちょっと太った？　や、おめでた？　え、再婚？　って、後ろにいるのがダンナさん？　はげてない？　けっこういってない？　歳の差婚？　てか、うーちんは？　うーちん、どこ？

あたりを見回すと、ねずみ色のロンTを着た、タテもヨコも大きなこどもの後ろ姿が目に入った。きっと、あの子だ。鉄棒に向かっている。

「うーちん？」

視線で訊くと、うーちんママがうなずいた。

「あっくんでしょ？」

再び空中逆上がりチャレンジを始めたあっくんを視線で指す。「分かるもんだねー」と笑ううーちんママの言葉に立夏はまたうなずいて視線を戻した。うーちんママのお腹をチラ見で経由し、後方の初老男性に会釈する。

「柴田《しばた》です」

初老男が挨拶してくる。立夏はすぐさま立ち上がり「蟹江です」とお辞儀した。うーちんママがにこにこしながら割って入る。

「実は去年、再婚いたしまして」

「おめでとうございます」

立夏はふかぶかと頭を下げた。目から先に顔を上げ、「予定日いつ？」と小声で訊く。うーちんママは「七月。海の日らへん」と柴田さんを見返った。ほとんど反射的にとろけそうな笑顔を浮かべる柴田さんと笑い合う。

「このヒト」

うーちんママは立夏に目を戻し、柴田さんを手のひらで指して、「名前は凪海《なみ》から夏海《なつみ》にしたいんだって」と苦笑してみせ、「五十過ぎて初めて父親になるもんだからウッキウキなんだ。とにかく絶対『おじいちゃん』には見られたくないって薄毛治療に通ってんの」と大袈裟な呆れ口調で隣市の駅名を口にし、「東口を出てすぐのところ、ドトールの近く」と早口で説明した。「今日もこれから行く予定」と補足し、立夏が「日曜だけど？」と確認すると、「やってる、むしろ混んでる、予約取るの大変なんだよね？」と柴田さんをまた見返った。

柴田さんは恥ずかしそうに生え際に手をやり、「うん、まぁ」と消え入りそうな声で応じ、スマートウォッチに目をやって「……そろそろ行かなきゃ」というようなことをつぶやく。「だねー」とうなずくうーちんママと短いやりとりをして、「それではー」と手を振って公園を出ていった。

「……ふぅ」

うーちんママが息を漏らした。ちょっと気の抜けたような顔をして、「そこ、いい？」と立夏の隣を指差す。「どうぞ、どうぞ」と立夏はトートバッグを持ち上げた。あっくんのシャカシャカ素材の上着を押し込みながら、反対側に置き直し、スペースを広げる。軽く叩いて言った。

「積もる話もあることだし」

社交辞令とまではいかないけれど、流れで言った感はあった。

「ほんとそう」

うーちんママが青いベンチに腰を下ろした。流れ重視の受け答えに聞こえ、なんとなくほっとする。

「そういえば、あれって何年前だったたっけ？」

そんな言葉が立夏の口からでた。一瞬前まで再婚の経緯を訊こうとしていたのに。あるいは、おめでたの話。久しぶりの再会で、まず話すべき話題はいくらでもあるはずだった。

「あー、五年くらい？」

うーちんママが斜めがけにしていたスマホを操作し、「うん五年前、ちょうど五年前の今頃」とうなずいた。

パンデミックというものである。いわゆるコロナ禍。小中学校と高校、特別支援学校は、三月から、ときの首相の要請により全国一斉臨時休校に入っていた。当初の要請に保育所や幼稚園は入っていなかったが、休所、休園が相次いだ。あっくんとうーちんが通っていたオリーブ保育園もそのひとつだった。

「なんだかんだで四、五、六の三ヶ月休みじゃなかった？」

「休みだった、休みだった」

うーちんママが思いだし笑いをした。「やー、あんときゃほーんと参ったよ」と腕組みをする。

「あっくんと違って、うちはその年の四月入園だったからね。あーよかった、保育園入れて、って喜んでたら一週間経つか経たないかで休園になっちゃって」

五年前、同い歳のあっくんとうーちんは三歳児クラスだった。あっくんがオリーブ保育園に入ったのは、その前年である。

「うちらが初めて話したのもその日らへんじゃなかった？」

「休園の前の日。お昼寝ふとんとか持って帰ったからめっちゃ荷物多かったんでめっちゃよく憶えてる」

「通りいっぺんっぽい挨拶しながら園を出たら、家が同じ方向だったという……」

立夏の脳裏にそのときのシーンが、ぽわん、と浮き上がる。

うーちんママはナイロン製のお昼寝ふとんバッグを肩にかけていた。曲げた肘には普段使いのトートバッグ。反対の手でバッドばつ丸柄のマスクをしたうーちんの手を引いていた。立夏は自転車を押していた。前かごに載せたお昼寝ふとんをはみださせ、後ろのチャイルドシートには空色のヘルメットをかむり、アンパンマン柄のマスクをしたあっくんがまたがっていた。

6

あの日、あの時間、あの界隈では、オリーブ保育園から吐きだされた子とその親らだけが、青みがかった春っぽいソフトな灰色の空の下を、それぞれの住まいに向かって歩いていた。

うーちんママとはそんなに踏み込んだ話はしなかったはずだ。新しく入った人として顔くらいは知っていたが、ほぼ初対面と言ってよかった。

駅の南口のお蕎麦屋さんの前で、外国人女性に声をかけられた。

「すみません、ワタシは留学生です、……からきました」

その留学生のお国は憶えていない。そればかりか彼女の声も、すがたかたちも、不鮮明である。残っているのは、小柄で、目が大きく、少女のようになめらかな頬をしていたという印象だけだ。

「ガッコーも、バイトも、お休みです。ワタシ、お金ありません。おいしいオヤツつくりました。チョコレート。おいしいです。とてもおいしい。五〇〇円です。ワンコインね。買ってください」

彼女は両手にのせた「おいしいオヤツ」を立夏に捧げるように差しだした。ワイヤーで口を閉じたセロファンの袋に、模様入り銀紙に包んだ三つ四つの丸っこいのが入っている。

立夏の黒目が左右に動いた。「袖振り合うも多生の縁」につながるシンプルな同情と、「触らぬ神に祟りなし」につながる違法行為だろうから関わりたくないきもちがキョロキョロキョロと揺れ動いた。

「あたし、買う。いくつ持ってるの？　全部ちょうだい」

冴えた声が隣から飛んできた、と思ったら、うーちんママが一歩前に出た。肘に提げたトートバッグから折り畳んだエコバッグを取りだし、シュバッ、と一振りで広げる。外国人女性の両手にのっている「おいしいオヤツ」を奪うように摑んでは「いち、にー、さん」と数えながらエコバッグに入れていった。「し、ご」とすっかり攫《さら》ったら、「そこにあるのも、全部出して」と外国人女性が手首に掛けていたプラスチック袋を指差したのだった。

立夏とうーちんママは無言で歩いた。自転車に乗ったあっくんと、チャイルドシートの背を押す真似をしながら付いてくるうーちんとのきゃっきゃっと笑い合う声が高く聞こえた。

「……いつまで続くのかなぁ」

コロナ、と、立夏は独り言めかして、つぶやいた。

「光とか見えないよね。ただただお先真っ暗というか、もうなんか底が抜けたような」

ヤな世のなか、めっちゃいや、とうーちんママが右手の公園に視線を投げた。ちょうど公園の入り口にさしかかっていた。立夏も飛行機のかたちをしたジャングルジムに視線を伸ばした。桜の花が重たげに揺れる木々の向こうに見え隠れする。この公園脇の小道をもうしばらく直進したら市道に出る。左折して少し行けば立夏の実家だ。

「不景気に勢いついちゃったよね。や、不景気だけじゃなく、この世から無くなってほしいことぜんぶに、なんか、ヘンな勢いついちゃった。ドス黒さがあっちこっちでタケノコみたいにぐんぐん成長してる感じ。そこに真っ白な——清潔感とか優しさとかそういう一見いいもんのジェルみたいなのが塗りたくられてるっていうか……。とにかく、打撃を受けた業種が多すぎなんよ。あ、いや、まーおかげさまで、ウチの場合、あんまり影響ないんだけど、恵まれてるからそれでいいってわけじゃないと思うんだよね」

　うーちんママは嚙み締めるようにそう言った。大手メーカーのインターネット通販事業部に勤めているそうである。正社員だそうで、収入は悪くなく、だから、多額の借金をつくってもギャンブルをやめられない夫と堪忍袋の緒が切れると同時に縁を切ることができたらしい。離婚を機に戻ってきた実家はリフォーム会社を営んでいて、地域での信頼が厚く、経営はうまくいっているとのこと。

「だからこそ、うちらには、やらなくちゃいけないこと、が、あると思うんだ。恵まれてるからこそ、恵んであげる、っていうとちょっと上からになっちゃうんだけど……。うちらの受け取ってる恵みのお裾分けをしたいっていうかさ、それがうちらの使命とまではいかないけど……。あ、助け合い？　そう！　助け合うって大事じゃないかなーって」

　うーちんママは何度も強くうなずいた。

「……そうだね」

　立夏は釣られたように同意した。ふ、と自分自身をリラックスさせるように微笑する。うーちんママの口にした「うちら」に狼狽していたのだった。立夏は種苗会社に勤めている。経理を担当する正社員だ。パンデミックの影響をあまり受けていない業種のひとつで、収入は悪くない。離婚、そしてそこそこ太い実家での両親との同居生活、と、いわば、うーちんママと同じ境遇なのだが、それはまだうーちんママには言っていない。なのに、どうして、うーちんママは察したのだろう。

「分かってくれればいいんだ」

うーちんママが静かに応じた。その顔の陰影が滲むように濃くなって、疲れている人のように見えた。

「ん」

ちいさな相槌を打って、立夏は口を閉じた。口角に力が入り、こめかみのあたりがコリッと鳴った。不満のようなものが胸の内に広がっていく。どうしてあたしが注意されたり諭されたりする感じになっているのだろう。あたしはただあの外国人の女の子に差しだされた手づくりだというおいしいオヤツを買っていいものかどうか迷っただけなのに。ていうか、あのオヤツにお金を出すことが、うちらの受け取ってる恵みのお裾分けになるのかなぁ。

「おしっこ！」

うーちんが叫んだ。もう股間に手をあててモジモジしている。

「ちょっとごめん」

うーちんママがうーちんを連れて公園に入っていこうとした。公衆トイレは公園内にある。

「持つよ」

立夏はうーちんママからお昼寝ふとんバッグを受け取った。うーちんは早くも頭を低くした前傾姿勢で公衆トイレに向かって走りだしている。

「ありがと、助かる」

うーちんのあとを軽やかに追いかける、うーちんママの後ろすがたを立夏は眺めた。どうということのない顔つきでチャイルドシートにおさまる一人息子に、「あっくんは？　おしっこだいじょぶ？」とものののついでのように訊いた。あっくんがブンブンと首を振る。

あっくんはトイレトレーニングの真っ最中だった。順調に進んでいて、まだオムツは取れていないが、うーちん同様尿意を伝えることができる。

これも恵まれてるってこと？　と立夏は薄く笑った。口角が片方持ち上がり、冷ややかな笑い方になった。うーちんママをイジっているような笑い方に思え、そんなつもりはなかったの、とだれにともなく言い訳した。ちく、と胸の奥に痛みが走り、どきん、とした。なぜか急いであっくんとの日常を思いだそうとする。

あっくん、もうすぐ三歳。イヤイヤ期ではあったけれど、そうひどいものではなく、まさに可愛い盛りである。大好物はマカロニとかまぼこだ。どちらも急にどうしても食べたくなり、そうなったら口に入れるまで泣き止まない。なんなら食べ終わっても泣いている。寝かしつけ絵本の読み手は毎晩あっくんが指名する。本箱から絵本を一冊出して、ママ、じぃじ、ばぁばのだれかに差しだしたら、それが夜伽《よとぎ》の合図である。途中で交代を申しつけられることが多く、最終的にはやっぱりママでなきゃダメになる。じぃじとばぁばは、やれやれやっとお役御免というような、ちょっぴり残念というような、とびきり柔らかな表情で、立夏を呼びにくる。立夏はたいていお風呂上がりで、髪を乾かしながら、「えーっ、もう？」と応じ、「もう少しがんばってよぅ」と親に笑って苦情を言ったりする。乳液をすりこんだ頬をてかてかさせて、四畳半の和室に向かう。もとは仏間だ。親の寝室だった隣室と交換したのだった。ぐずるあっくんにお手上げ状態の親とタッチ交代、あっくんに添い寝する。立夏はあっくんの匂いフェチだ。ことに頭皮、耳の裏、ぼんのくぼといった汗のたまりやすいところがいい。膝の裏や指のまたなど垢のたまりやすいところも尊い。……なんて言えばいいのかなぁ。せかい、とか、いのち、とか、だいすき、とか、しあわせ、とか、ありがとう、とか、そういうのがギュッとなってる。そんなにおいだと、思ったものだ。

「あ」

口元に手をあてた。今思いだしたばかりの日常が、すでにぼんやりしていることに気づいたのだ。ここ最近の日々のこととは思えないほど風化が進んでいる。

たしかにあっくんとの日々は瞬く間に過ぎていく。あっくんが生まれてからずっとそうだ。立夏にしたら初めての子育てだ。大小さまざまの新しい経験が毎日つぶてのように飛んでくる。なおかつ、あっくんの成長のスピードである。ほんとうに、速いのだ、一日が。暮れたと思ったら、もう明けている。口元にあてていた手を下ろしていった。下ろしきらずに胸にあてた。また、どきん、とした。鋭い痛みが貫通する。

あっくんを見た。空色のヘルメットに夕陽が反射している。その輝くヘルメットを揺すって「ふにゃにゃにゃ、ふにゃにゃ」と鼻歌を歌っている。立夏がよく聴いているエド・シーランの曲だ。「ふにゃにゃにゃ？」とあっくんに問いかけるように立夏もスキャットしてみたら、あっくんが満足そうに「ふにゃにゃにゃ」と応じ、手を叩いた。ふたりで少しのあいだ笑ってから、立夏は公衆トイレに視線を伸ばした。

うーちんママが出てきたところだった。公衆トイレの入り口は、コンクリートの壁で迷路のように仕切られている。すぐ近くにゴミ箱が並んでいた。びん缶ボトル用とその他のゴミ用で、うーちんママが、その前で立ち止まった。うーちんをその場に立たせ、エコバッグをごそごそやりだす。

ついさっき留学生から買ったお菓子をゴミ箱に放り込んでいく。一、二、三、四、と立夏が目で数えているあいだもうーちんママの手は止まらず、五、六、七、八、九、十、十一。空になったエコバッグを手早く畳んでトートバッグにしまい、うーちんの手を引いて、こちらに向かってきた。立夏は思わず目をそらした。桜がきれい、とでもいうような顔で目の先のピンク色たちを眺めていたが、「お待たせ、ありがとー」とお昼寝ふとんバッグを受け取ろうとするうーちんママの屈託なさに唇が動いた。

「捨てなかった？　今」

　とてもちいさな声だった。

「捨てたけど？」

　だって、と、うーちんママは赤茶色の髪を耳にかけた。染めた白髪がキラキラと光っている。

「なにが入ってるか分かんないじゃない？　ウチのゴミ箱に捨てたら、うーちんが食べちゃうかもしれないでしょ。こどもってそういうことしたりするじゃん。だからまぁ危機管理の一種」

　うーちんママの黒目が痙攣するように細かく動き始めた。頭のなかに直接アラート通知がきたみたいだった。大車輪で理由を探している印象である。なにかこう、ちょっと、いい感じの理由だ。もっともらしくて、立夏には攻撃的だが、うーちんママにとっては防御的に働くような。

　思いついたらしく、うーちんママは顎を上げてうなずいた。

「あー、それに外のゴミ箱に捨てておけば、路上生活者の方とかのお腹の足しになるかもしれないしね。さっきの自称留学生さん？　もそうだけど、やっぱり困ってる人には寄り添いたいって思うし、手を差し伸べてあげたいなぁと――」

くる。

「ちょっと待って」

気づくと立夏は遮《さえぎ》っていた。なんか違う、という思いが吐き気みたいにあがって
「寄り添う、とか、手を差し伸べる、って『なにが入ってるか分かんない』お菓子を留学生から買ってあげたり、罠を仕掛けるようにして公共のゴミ箱に捨てることなの？」

「自己責任」

日本にやってきたのも、路上生活者になったのも、ゴミ箱を漁ってお腹をふくらますのも、とうーちんママは語気を強めた。もう後には引けない、そんな意気地がびんびんと感じられた。

「あと『罠を仕掛ける』って言い方ヒドくない？　コッチはただ外のゴミ箱に捨てただけなんだけど」

だって、なにが入ってるかマジで分かんないんだから！　ウチのゴミ箱に捨てたら絶対うーちんが漁るんだから！　危ないじゃん！　とうーちんママは、太いアイラインで囲んだ目に怒りをたたえ立夏を睨んだ。ふん、ふん、と鼻息を立てている。唇は物言いたげにうねっていた。胸の下のほうで腕を組み、売られたケンカを買ったまで、というふうである。あるいは、そう言うあんたは結局なんにもしなかったじゃないの、とか。

立夏はそっと頭を振った。あたしは、なんにもしないことを選んだの、と言いたくなる。でも口にしなかった。それは、ふたつのフレーズが立夏の胸にこだましていたせいだった。ひとつはうーちんママの言った「なにが入ってるか分かんない」、もうひとつが立夏みずから言い放った「罠を仕掛けるようにして」だった。ほんとうのところを言うと、(うちらが)恵まれているとか、(だから)お裾分けをしなきゃという考え方には、ほとんど関心がなかった。外国人留学生や路上生活者にかんしても同様だ。どちらも立夏の視界を風景みたいに横切る人たちだった。存在は知っているし、見て見ぬ振りをしているわけではない。たまさか目に入ったときに、「あ、いる」といくぶん戸惑ったように思うだけだ。

7

ふぅ、とちいさく息をして、立夏はベンチの背にからだをあずけた。隣のうーちんママも同じ動作をした。それぞれ、足を組み、伸びをして、仰向いた。視界いっぱい、桜である。青空に満開の桜の枝を敷き詰めたようである。楕円形の公園は桜の木で縁取られていて、それがみんな咲きこぼれている。

「……まーでも、コロナんときはいろいろあったよねー」

うーちんママが言った。

「あったねー」

立夏は簡単に同意した。ノリで言ってるような気やすさがあった。

うーちんママとは実は数えるほどしか言葉を交わしていない。園が再開されたら、うーちんママのご両親のどちらかが送り迎えをするようになったからだ。で、その明くる年、うーちんは転園した。うーちんのすがたが見えなくなって初めて立夏は知り合いのママ友から聞いた。だから、うーちんママとの思い出といえば、あの一件だけである。

「あんなに強い出来事だったはずなのに、あとで思いだすとなんか弱くなってるってことない？」

立夏のリアクションを待たずに、うーちんママは「あたしはある」と断言し、続けた。

「特にコロナんときはそう。未曾有の出来事だったのに、あのときの記憶ってなんかめっちゃ希薄なんだよね」

うんうんうん、とひとりでうなずき、腕を組んだ。

「なんかねぇ、あたし、あのあいだずうっと、どうかしてたみたいな感じがする。ずうっと夢のなかにいたようなっていうか。『あ、これ、夢だな』って思いながらみてる夢のなか」

独り言めいた発言を受け、「あー、そうかも」と立夏が応じようとしたとき、わあっという歓声と拍手が聞こえた。

立夏とうーちんママは揃って鉄棒のほうに目をやった。鉄棒から降りたあっくんが、おどけ顔でダブルピースをやっている。そのすぐそばで元夫が満面の笑みで盛大に手を叩いていた。空中逆上がりの新記録が出たらしい。あっくんを取り囲むこどもたちも顎を上げ、口を開け、喜びに沸いている。分けても熱狂しているのが、後方に陣取った体格のよい男児だった。「すごぉーい、すごぉーい」と叫びながらこぶしを振り上げ、盛んに足を踏み鳴らしている。

「あの子、スポーツとかダンスとか、他人《ひと》が上手にからだを動かすのを見るのがめっちゃ好きなんだよね。本人、そういうの全般苦手だから」

うーちんママは口をへの字にして「からだが大きいせいだけじゃないんだ。致命的に不器用なんだよね、センスないっていうか。なにやらしてもパッとしなくて」と痛痒そうに微笑して、立夏にうなずきかけた。とても細かいうなずきだ。なにかの予防線を張っているみたい。

「あたしは、シンプルにいい子だと思う。あんなに喜んでくれて」

立夏が言うと、うーちんママは、ゆっくりと、ひとつ、うなずいた。

「今のだんなもそう言ってくれるんだ。そこがうーちんのいいところだって」

「ダンナさん、いい人だね」

「うん、まぁ」

うーちんママは某マッチングアプリの名称をささやき、「けっこういいかも」と笑ったあと、鉄棒のほうに向かって、

「うーちーん！」

帰るよー、と両手をメガホンにして呼びかけた。ぱっと振り向いたうーちんがだれにともなく手を振って、こちらに向かって丸々としたからだを揺すって駆けてくる。


「帰るの？」

うーちんはママにぴったり体を寄せて上目遣いで訊ねた。

「帰るよ」

と息子に答え、うーちんママは立夏に「いつまでも甘えん坊で……」と仕方なさそうに笑った。

「おうちに帰るんだって」

うーちんが母親のお腹にそっとささやいた。

「もうすぐお兄ちゃんになるんだものね」

立夏が声をかけたら、

「いもうと！」

うーちんは得意満面、声を張った。

「よかったね。楽しみだね」

「よかった、楽しみ」

うーちんは鸚鵡《おうむ》返しをして、母親の手を両手で握り、「これからは、よにんかぞく！」と大きく振った。「ね？」と母親ににっこり笑いかける。家庭内での合言葉のようなものなのだろう。うーちんママが照れている。「や、今のだんながこども好きで」とか「家族が増えるのよっぽど嬉しいみたいで」とブツブツ言ったあと、立夏を指差し、うーちんに訊いた。

「このひと、憶えてる？」

うーちんは「えー？」と恥ずかしそうに母親とつないだ手を揺するだけだった。

「あの子はどう？」

憶えてる？　と立夏は鉄棒の支柱にもたれかかって元夫となにか話しているあっくんを指差した。指差すほうは見てみたものの、うーちんの反応は変わらなかった。桃色のぷっくりほっぺでニヤつくだけ。

「むかーし、会ったことあるんだよ」

「ぼく、赤ちゃんだった？」

「ううん、年少さん」

うーちんは首をかしげた。

「オリーブ保育園の頃のことは記憶にないみたい。次の保育園からハッキリしだすようなんだ。一緒に小学校にあがった子もいるし」

うーちんママが説明した。

「あたしはすぐに分かったけどね」

あ、あっくんママだ！　って、と続け、

「ほんと、すぐ分かった。もうなんか一目で」

と遠くを見るように目を細めた。

「あっくんママって、ほんと、変わらない」

ほんのちょっと歳月を足しただけ、と真顔に近い表情になった。

「歳月っていうか、すごーく薄くて透明なものを重ねただけみたいな」

んー、とうーちんママは少し考え、

「あっくんママって、なんかめっちゃ正確な楽器みたい。ドなのかレなのか知らないけど、ずーっと同じ音を同じボリュームで鳴らしてる感じがする、うん、そんな印象、むかしも今も……って言うほど知らないんだけど、でもそんな感じ、直感」

あたしなんて、とうーちんママはかぶりを振りながら目を下げた。

「その時々でピーとかプーとか調子っぱずれの音鳴らしっぱなし。むかしも今も。落ち着かないったらないんだ、これが」

へへへ、と笑った顔を見せた。

「じゃっ、まーそういうことで」

うーちん、帰るよ、と息子に話しかける。

「うん、そういうことで」

立夏が立ち上がると、うーちんママが言った。

「またバッタリ会うかもね。実家、近くだから」

「そうだね、またバッタリ」

立夏の返事にうーちんが「バッタリ、バッタリ」と被せてきた。うーちんママに促され、立夏に「さようなら」と手を振る。うーちんママも軽く頭を下げて手を振った。


二人のすがたが見えなくなるまで、立夏は手を振っていた。

ゆっくりと手を下ろし、ベンチに腰かける。「あーあ」と気の抜けたため息がこぼれたが、顔はまだ微笑していた。その顔のまま、歳月というものに思いを馳せる。

さっきから立夏の胸に膨大な数の短尺動画が流れ込んできていた。たくさんの思い出たちだ。あんまりたくさんで永遠に続きそうなほどである。そのほとんどがこ八年のものだと気づいた。

あれから八年――。

立夏にはお馴染みのフレーズだ。例によって「感慨」というものが浮かびあがる。

まだ八年で合っているか、もう八年が正解なのか自信がなくなるのもまたいつものこと。結局、判然としなくなり、どちらでもいいような気がしてくる。

別れたばかりのうーちんママを思いだす。かつてよりずいぶん柔らかな印象になっていた。身の上だけでなく、見た目、物腰、うーちんママの放つひとつひとつに時の長さ——あるいは時の流れ——が感じられた。

立夏は鉄棒に目を移した。

あっくんが鉄棒を回っていた。三度目の空中逆上がり連続記録チャレンジが始まったらしい。ギャラリーが「いーち、にーい」と声を張りあげている。元夫も「がんばれ」というふうにこぶしを握り、大きく口を開けて数を数えている。

そうなんだよなぁ、と立夏は口のなかでつぶやいた。歳月というものが変化をもたらしたのは、うーちんママだけではない。

元夫は痩せ萎んだ。目も鼻も口もちいさくなったようだ。いつ会っても髪の毛はそそけていて、運命の相手である彼女と一緒になってから身についたじじむささが進行している。三年前彼女を病で亡くしてからはまさに生きているだけというふうで、その存在感の薄さといったらない。朝晩仏壇にお線香をあげているらしく、白《びゃく》檀《だん》かなにかの匂いが染みついていて、あっくんはそれをオバケ臭と思い込み、「ゾウおじちゃんもオバケになるかもしれないね」と言ったことがある。

立夏は足を組んだ。上になったほうの膝を両手で抱え、親も変わったと思った。

もちろん、あっくんもだ。それは経年による衰えや成長だけの話ではない。それぞれの過ごした時間がそれぞれのからだやこころに染み込んで、その人だけの味になっていくのだと思う、のだけれど。

「あっくんママって、ほんと、変わらない」

うーちんママの声が聞こえてきて、立夏は、かすかにうなずいた。

変化がかたちに現れてこない感じが胸の内にずっとある。歳月というものが、いっこうに自分のからだにもこころにも染み込んでいかず、いつまでも自分だけの味になっていかないような感覚である。

これでも毎日いろんなことがあった。歳月は、家族に、日々、新たな喜びごとや困りごとを連れてくる。あっくんは日々成長し、親は日々老いていく。立夏自身はたぶん成長と老いとを日々実感（たまに痛感）する年頃だ。なのに、どんな経験もおうどんみたいにつるつると入っていってスムーズに消化されていく。

立夏は片手を頬にあてがった。短尺動画とは別に、さまざまな思いの束が、まとまりなく、ひゅうっ、ひゅうっ、と、風のように通りすぎていく。

「あ」

思わず声が出て、そっとあたりを窺った。同期との夜がよみがえった。三白眼でイケメンの彼である。同期会の帰り、下戸の彼に車で送ってもらった。立夏は飲んではいたけれど、酔っているというほどではなかった。彼のことは嫌いではなかったけれど、とくべつ好きというのでもなかった。なのに、狭い助手席に腰を下ろし、シートベルトを装着したら、欲情した。適当に仕事をこなし、空腹が満たされたらそれでいいという食事をし、口をひらけば出てくるのはすごく軽い冗談口で、すみませんもありがとうも言わない彼が欲しくてたまらなくなった。からだが火照って重たくなった。腋とか腿とかそういう皮膚の擦れあうところが湿り気を帯び、ぬるぬるした。顔はたぶん、もう、真っ赤だった。息が苦しくて、浅い呼吸しかできなかったのだが、鼻から入ってくるのは彼の温められた体臭で、それは太陽と埃《ほこり》が合わさったようなにおいで、啜り泣きたい衝動に駆られた。

でも、それだけだ。

帰宅して、先に寝《やす》んでいた夫を奮い立たせて、ちょっと、跨ってみただけ。そしたら夫がその気になって、盛りあがっただけ。たぶん、絶対、あっくんはあの夜の子だ。

そんなだから、立夏のなかで、あっくんの父親を元夫だと言い切れないなにかがあった。わだかまりというほど大きくない、なにかだ。強いていえば、カルピスを飲むと口のなかに残る白いもろもろ。痰が絡んでいるようなのだが、でも明らかに痰ではない、という感触がもっとも近い。美味しいカルピスをごくごく飲んだ幸福の余韻に一石を投じるような、あの白いのである。

あっくんが同期の彼のこどもであるはずがない。あるのは、あの夜の、どうかしていた立夏自身。と、耳のなかでさっき聞いたばかりのうーちんママの言葉が再生される。

「なんかねぇ、あたし、あのあいだずうっと、どうかしてたみたいな感じがする。ずうっと夢のなかにいたようなっていうか。『あ、これ、夢だな』って思いながらみてる夢のなか」


コロナのときだけじゃない、と立夏は思った。

あたしはずうっと、夢のなかにいる。夢から抜けだしたのは一度だけだ。欲情に飲み込まれそうになった、あの夜の自分。その証拠があっくんなのだが、あっくんですら、今はもう、立夏の夢のなかの住人になっている。喉に手をあて、唾を飲みくだす。白いもろもろが喉に張りついているようである。少しのあいだ気になるのだが、すぐに忘れるのはいつものこと。ほら、もう、どこにも見つからない。いくら舌をれろれろさせて探しても、もう、どこにも。

喝采が聞こえ、顔を上げた。やったぁ、やったぁ、とこどもたちが騒いでいる。あっくんが連続空中逆上がりの新記録を更新したのだろう。立夏は鉄棒に目をやって、「おめでとう、すごいね」と声をかけた。

初出媒体　U-NEXT オリジナル書籍
「令和枯れすすき」　２０２２年7月1日
「ドトールにて」　２０２２年10月28日
「もう充分マジで」　２０２３ 年3月10日
「非常用持ちだし袋」　２０２３年10月16日（「非常用持ち出し袋」より改題）
「みんな夢のなか」　２０２４年12月20日（「みんな夢の中」より改題）

単行本化に際し、加筆・修正を行いました。
また、この物語はフィクションであり、
実在する団体・人物等とは一切関係がありません。

朝倉かすみ　あさくら・かすみ
1960年北海道生まれ。

2003年「コマドリさんのこと」で第37回北海道新聞文学賞を、04年「肝、焼ける」で第72回小説現代新人賞を受賞し作家デビュー。

09年『田村はまだか』で吉川英治文学新人賞、19年『平場の月』で第32回山本周五郎賞を受賞。

24年『よむよむかたる』が第172回直木賞の候補作になる。

他の著書に、『ほかに誰がいる』『てらさふ』『満潮』『にぎやかな落日』など多数。

棺《かん》桶《おけ》も花《はな》もいらない

2025年4月25日　初版第1刷発行

著　者　朝倉かすみ

編　集　寺谷栄人

発行者　マイケル・ステイリー

発行所　株式会社U-NEXT
〒141-0021 東京都品川区上大崎3-1-1 目黒セントラルスクエア
電話　03-6741-4422（編集部）
048-487-9878（書店様注文番号）
050-1706-2435（問い合わせ窓口）

印刷所　シナノ印刷株式会社

ISBN:978-4-910207-51-3 C0093